Bilder einer Ausstellung

Norbert Büchler

Bilder einer Ausstellung

Roman

Bibliografische Informationen der Deutschen Nationalbibliothek:
Die Deutsche Nationalbibliothek verzeichnet diese Publikation in der Deutschen Nationalbibliografie; detaillierte bibliografische Daten sind im Internet über www.dnd.de abrufbar.

Umschlaggestaltung: Jürgen Batscheider
Bild: Jürgen Batscheider „Corniche bei St. Maxime“
(Acryl auf Leinwand, 2013)

Herstellung und Verlag:
Books on Demand GmbH, Norderstedt

ISBN: 978-3-7322-7891-6

Lausanne im Sommer 2005

In der Küche eines Restaurants
geschah ein folgenreicher Fehler …

Antonio Giamottis Gesicht war ungewohnt blass. Er blickte Anne missgelaunt an und hakte nach:

„Zweiunddreißig?“

„Ja, leider. Siebzehn Streicher, zwei Oboen, alle Blechbläser, beide Schlagzeuger sowie der Pauker.“

„Wo sind sie?“

„Die meisten noch in der Klinik, viele haben Fieber. Man hat die Erreger bereits nachweisen können und erwartet eine Krankheitsdauer von zwei bis vier Tagen.“

„Und das Restaurant?“

„Wurde sofort geschlossen, die Lebensmittelüberwachung ist dran. Alle hatten das gleiche Menü.“

Giamotti stand auf und donnerte:

„Orchesterversammlung um elf Uhr hier im Hotel, holen Sie auch den Veranstalter dazu!“

„Aber das ist in einer halben Stunde, wie soll ich einen Raum und alle Musiker ...?“

„Das ist Ihr Problem. Ziemlich unbedeutend angesichts des meinigen.“

Anne verließ die im obersten Stockwerk gelegene Hotelsuite von Giamotti und eilte zum Aufzug.

„So ein Idiot.“

Um zwei Uhr in der Nacht war die Hiobsbotschaft eingetroffen: Nach einer privaten Feier lagen alle eingeladenen Musiker in der Klinik von Lausanne. Seither hatte Anne kein Auge mehr zugetan.

Der Hotelmanager wusste bereits von dem Notstand und sagte ihr einen Konferenzraum zu. Sie rief den Cellisten Harry Brunner an und bat um seine Hilfe, die anberaumte Versammlung bekannt zu machen. Brunner, der einzige des dreiköpfigen Orchestervorstands, welcher der vorabendlichen Einladung nicht gefolgt war, meinte skeptisch:

„Über fünfzig Kollegen in so kurzer Zeit? Heute ist freier Tag, viele sind bereits unterwegs und nicht jeder hat im Ausland sein Handy an."

„Laut Giamotti ein unbedeutendes Problem."

„So ein Idiot!"

Dann rief sie beim Konzertveranstalter in Genf an und berichtete von dem Vorfall. Herr Hürrli zeigte sich bestürzt.

„Maestro Giamotti hat für elf Uhr eine Orchesterversammlung einberufen. Ich soll dafür sorgen, dass Sie ebenfalls erscheinen."

Anne hörte, wie Herr Hürrli tief durchatmete:

„Genf - Lausanne in fünfundzwanzig Minuten? Das sollte zu schaffen sein."

Um kurz nach elf Uhr saßen etwa dreißig Orchestermitglieder im Konferenzraum. Als Maestro Giamotti erschien, ließ ihn der Blick in das magere Drittel seines Orchesters erstarren. Da betrat Herr Hürrli den Raum, begrüßte Giamotti und redete beruhigend auf ihn ein. Dennoch weigerte sich Giamotti angesichts der offenkundigen Meuterei seines Orchesters, die von ihm einberufene Versammlung zu eröffnen. Dies übernahm daher der Vorstand Harry Brunner. Er erklärte die Abwesenheit etlicher Kolleginnen und Kollegen mit der Kurzfristigkeit der Terminierung, zudem sei dieser Tag als Ruhetag angesetzt gewesen und man könne davon ausgehen, dass noch nicht alle von dem nächtlichen Ereignis erfahren hätten. Da Giamotti noch immer keine Anstalten machte, sich zu äußern, übergab Brunner das Wort an Herrn Hürrli, dem er für die Anreise mit dem Helikopter in so kurzer Zeit dankte. Dieser sprach in ruhigem Schwyzerdytsch sein Bedauern über diesen Sündenfall eidgenössischer Gastronomie aus, wünschte den betroffenen Damen und Herren eine baldige Genesung und riet Maestro Giamotti zur Gelassenheit, eine Eigenschaft, die er als einer der großen lebenden Dirigenten zweifelsohne besitze. Worauf Hürrli diese illusorische Annahme gründete, ließ er offen. Er führte weiter aus, dass das Schweizer Publikum den Maestro und seine Musik so sehr bewunderten, dass es aus Veranstaltersicht kein Problem darstelle, die letzten vier Konzerte in kleinerer Besetzung zu absolvieren, so er, Maestro Giamotti, sowie der verehrte Solist und das Orchester diese Flexibilität aufzubringen in der Lage seien. Giamotti blieb angesichts dieser diplomatischen Offerte nur ein unmerkliches Nicken übrig. Herr Hürrli dankte ihm und bot dem Orchester jegliche Unterstützung bei der Lösung des Problems an, wovon er aber die Inanspruchnahme des Helikopters ausnehmen müsse. Das höfliche Gelächter der Musiker übertönte eine boshafte Bemerkung Giamottis, welche nur Anne, die in seiner Nähe stand, hörte und die sie sofort wieder zu vergessen beschloss. Nun sprach Herr Hürrli noch das Konzert in Montreux am nächsten Tag an. Er bat darum, ihm Bescheid zu geben, ob es abgesagt werden müsse, da bis dahin nur noch, er blickte auf seine Uhr, dreiunddreißig Stunden verblieben, ein knapp bemessener Zeitraum angesichts der Situation. Alle Blicke wandten sich Giamotti zu, der sich aber zu keiner Reaktion gemüßigt sah, im Gegenteil, er starrte Herrn Hürrli regungslos an und schien gedanklich abwesend. Anne, an der die eigentliche Organisation dieser Situation hing, stand auf und wandte sich an den Maestro mit der Aufforderung, eine Entscheidung zu treffen, da keine Zeit bleibe, diese zu vertagen.

Sie erwartete, dass er diese ihrer Stellung nicht angemessenen Anweisung mit einer Beleidigung kontern würde, doch während sie seinem stechenden Blick nur mit Mühe standhielt, antwortete er, das Orchester möge darüber entscheiden. Dann verabschiedete er sich mit einer angedeuteten Geste von Herrn Hürrli und verließ den Saal. Harry Brunner dankte Anne für ihre klaren Worte und berichtete von seinem eben geführten Telefonat mit Artur Bronkönig, dem Solisten im Klavierkonzert. Er habe Bronkönig die Situation erörtert und dieser habe nach einigem Hin und Her seine Bereitschaft erklärt, die restlichen Konzerte dennoch zu spielen. Brunners Wortwahl gab allen Anwesenden zu verstehen, dass Bronkönig im Verlaufe ihres Telefonats keine Bosheit ausgelassen hatte, um den Vorfall als unzumutbar für einen Künstler seines Ranges darzustellen. Er galt als überheblicher Altmeister, dessen legendäre Zusammenarbeit mit Giamotti nicht verhindern konnte, dass sie sich inzwischen verachteten. Brunners abschließende Bemerkung, dass die Nachwirkungen des Telefonats vergleichbar mit denen des gestrigen Menüs gewesen seien, entfachte spontanen Applaus. Danach begann die Diskussion, ob das Tourneeprogramm in reduzierter Besetzung ausführbar sei. Als kritisch wurde vor allem die zweite Hälfte des Konzerts, Mussorgskys „Bilder einer Ausstellung", angesehen. Die Debatte endete in dem fast rebellisch zu nennenden Beschluss, das Problem allein Giamotti zu überlassen. Danach wurde besprochen, ob es sinnvoll sei, so Anne das Engagement von Aushilfen in derart kurzer Zeit organisieren konnte, das morgige Konzert mit nur einer einzigen Probe zu spielen. Wiederum gab es skeptische Wortmeldungen, insgesamt überwog jedoch die Meinung, dass es angesichts des Standardrepertoires sowie ihres Ranges als Spitzenorchester durchführbar wäre, zumal Giamotti ein fähiger Dirigent sei, sehe man von den sonstigen Gestörtheiten dieser Berufsgruppe ab. Eine deutliche Mehrheit stimmte schließlich dafür. Anne hatte in der Zwischenzeit den Orchesterintendanten in Deutschland erreicht, ihm die Lage erklärt und die Bewilligung der entstehenden Zusatzkosten erhalten. Nun teilte sie ihm das aktuelle Abstimmungsergebnis mit, woraufhin der Intendant allen viel Erfolg angesichts der Herausforderung wünschte. Herr Hürrli versprach, die Presse zu informieren, damit die Situation entsprechend gewürdigt werde. Außerdem habe er sich noch persönlich bei den Maestros Giamotti und Bronkönig zu bedanken. Er verabschiedete sich mit einer solidarischen Geste. Nun lag es an Anne, ein organisatorisches Wunder zu vollbringen.

Nach der Versammlung ging sie auf ihr Zimmer, schlug die Zimmertür zu und stieß einen Wutschrei aus. Ihre Tochter

Lisa, erstmals bei einer Tournee mit dabei, sah sie befremdet an. Was ursprünglich als Belohnung für ihr exzellentes Abitur gedacht war, wandelte sich in Lisas Augen zu einem Höllentrip. Genau dies sagte sie ihrer Mutter.

Anne verdrehte nur hilflos die Augen und machte sich auf den Weg zu dem Konferenzraum, wo ihr Telefon, Fax und Internet zur Verfügung gestellt worden waren. Sie ließ sich in den Bürostuhl fallen und schloss die Augen. Die auf ihr lastende Verantwortung wog schwer, ihr Auftreten Giamotti gegenüber hatten sie Kraft gekostet. Während sie ihre Schläfen massierte, verbot sie sich jeden Selbstzweifel und begann, den Berg an Arbeit anzugehen.

Zuerst rief sie bei Giamotti an und informierte ihn, dass das morgige Konzert stattfinde, sie aber unverzüglich die neuen Besetzungen in den jeweiligen Instrumentengruppen wissen müsse, vor allem die „Bilder einer Ausstellung" werde vom Orchester als problematisch angesehen. Giamotti antwortete, wenn er eine Versammlung einberufe und nur ein Drittel erscheine, dann käme dies einem Aufstand gegen ihn gleich. Über Besetzungsfragen nachzudenken habe er folglich genauso wenig Lust wie diesen Putschistenhaufen zu dirigieren. Damit legte er auf. Anne blieb nichts anderes übrig als Herrn Hürrli zu bitten, die Besetzungsliste bei Giamotti zu erfragen. Als Herr Hürrli kurz darauf zurückrief, empfahl er ihr, schnellstmöglich Giamottis Gattin anreisen zu lassen, soviel er wisse, sei sie die Einzige, die den Maestro aus seiner Versenkung zu holen imstande sei. Bezüglich der Besetzung habe er leider nichts erreichen können. Anne kontaktierte den zweiten Konzertmeister und berichtete ihm von Giamottis Weigerung. Dann rief sie den Kontrabassisten Carlo an, den einzigen Italiener im Orchester, und bat ihn, Signora Giamotti telefonisch zu überreden, sofort zu kommen, man könne sie jederzeit vom Genfer Flughafen abholen. Nach einer halben Stunde rief

Carlo zurück und meinte, sie käme, jedoch widerwillig, wie sie betont habe.

Der zweite Konzertmeister hatte inzwischen ein Krisenkomitee mit allen verfügbaren Musikern einberufen, in dem hitzig diskutiert wurde, bis schließlich ein neuer Besetzungsplan vorlag, den er zu Anne brachte. Er riet ihr, Giamotti eine Kopie davon zukommen zu lassen, falls dieser doch noch zur Vernunft käme und Änderungen vorschlagen wolle. Anne ließ den Plan in einem Umschlag in Giamottis Suite bringen. Kurz darauf rief die Servicekraft sie an und berichtete, der Maestro habe den Umschlag ungeöffnet zerrissen.

Bevor sie begann, mögliche Aushilfen anzurufen, eilte sie nochmals auf ihr Zimmer. Ihre Tochter war gerade dabei, ihren Koffer zu packen.

„Lisa, was ist los?"

„Papa holt mich gleich ab, ich habe ihn darum gebeten. Dein Stress tut mir leid, aber ich halt das nicht mehr aus. Papa nimmt mich zu sich bis eure Tournee beendet ist."

„Schön, dass ich dazu gefragt werde!"

„Siehst du, genau diesen Ton ertrage ich nicht mehr. Ich kann nichts für eure orchestrale Diarrhöe, doch du behandelst mich, als hätte ich persönlich das Essen vergiftet. Du bist schon wie dieser Giamotti."

Anne sah sie verunsichert an, in diesem Ton sprach Lisa sonst nie mit ihr.

„Warum kann Papa so schnell hier sein?"

„Er macht hier wieder Urlaub, wir telefonieren doch jede Woche. Außerdem habe ich ihn vor eurem Konzert in Genf getroffen und bin mit ihm Eis essen gegangen."

In dem Augenblick klopfte es bereits. Anne hatte Frank seit ihrer Trennung vor zwei Jahren nicht mehr gesehen, sie hatten immer nur telefoniert, meist Lisas wegen.

„Hallo Frank."

„Hallo Anne."

Sie war überrascht bei seinem Anblick, er sah jünger aus als früher, was ihr einen Stich versetzte.

„Ich bin nicht begeistert von Lisas Vorhaben, aber …“

Frank unterbrach sie:

„Lisa bleibt einfach ein paar Tage bei mir, alles kein Problem. Ich wohne in Meillerie am französischen Ufer.“

Sie sah ein, dass ihre Tochter im Grunde eine ideale Lösung gefunden hatte und nahm sie in die Arme. Dann wandte sie sich wieder an Frank:

„Gab es das bei euch auch schon mal? Gestern Abend ging ein Drittel des Orchesters in ein Restaurant und nun liegen sie alle flach. Und Giamotti ist sich nicht zu blöd, dies als Putsch gegen ihn zu bezeichnen. Stell dir vor, der Veranstalter musste eigens mit dem Helikopter …“

„Nein, das gab es bei uns noch nie.“

Frank spürte Müdigkeit, Annes Dynamik war er nicht mehr gewachsen. Ihre ständigen Wechsel zwischen Stärke und verzweifelter Kraftlosigkeit kannte er zur Genüge.

Anne sah den beiden nach, wie sie im Aufzug verschwanden. Bevor sie über ihre seltsame Reaktion auf Franks Erscheinen nachdenken konnte, hastete sie wieder in ihr provisorisches Büro und griff zum Telefon.

Am Spätnachmittag hatte Anne elf von neunzehn benötigten Zusagen erhalten. Da Carlo sich um Signora Giamottis Anreise kümmerte, sah sie allmählich Licht am Ende des Tunnels. Von Giamotti selbst gab es allerdings noch kein Lebenszeichen. Eher zufällig erfuhr sie vom Hotelmanager, dass er sich ein Essen und zwei Flaschen Rotwein aufs Zimmer hatte kommen lassen. Anne war froh, dass seine Frau bald eintreffen würde.

Gegen Abend gönnte sie sich eine Kleinigkeit im Hotelrestaurant. Es fehlten inzwischen nur noch ein Pauker und ein erster Konzertmeister. Plötzlich hörte sie einen Tumult im Foyer, es wurde auf Italienisch gebrüllt, bis Carlo ins Restaurant stürzte und an Annes Tisch eilte.

„Giamotti ist stinksauer, dass seine Frau da ist. Er hat sie aufgefordert, auf der Stelle zu verschwinden."

„Und wie hat sie reagiert?"

„Sie hat ihn angefahren, dass er nach Alkohol rieche und allein das ein Grund sei, die Scheidung einzureichen, zuvor solle er aber endlich aufhören, sich wie ein Kind zu benehmen und die Tournee zu Ende bringen. Bei dem Wort *Scheidung* ist er zusammengezuckt, klar, er hat ja bereits einige hinter sich."

„Und wo sind sie jetzt?"

„In seiner Suite. Ich übergebe die Sache jetzt an dich."

„Vielen Dank für alles. Carlo, du bist ein Engel."

„Da ist noch was."

Carlo zögerte.

„Bronkönig hat Giamottis Wutanfall vom Treppenhaus aus verfolgt. Du weißt ja, wie die beiden sich …"

Anne fiel ihm ins Wort:

„Danke, ich will nichts weiter hören."

Carlos zwinkerte ihr zu und verschwand wieder.

Sie saß vor ihrem Laptop und telefonierte weiter ihre Musikerliste ab, erhielt allerdings nur noch Absagen, was ihr Kopfschmerzen verursachte. Sie begann sich erneut die Schläfen zu massieren, als es klopfte. Signora Giamotti betrat den Raum. Anne fiel sofort auf, wie selbstbewusst diese Frau auftrat, die nur wenige Jahre jünger war als sie selbst. Da Chiara Giamotti im Gegensatz zu ihrem Mann kein Deutsch konnte, redeten sie Englisch.

„Signora Giamotti, vielen Dank für Ihr Kommen! Wie geht es Ihrem Mann?"

„Sie meinen den gekränkten Meister?"

Anne musste ein Lächeln unterdrücken, was der Dirigentengattin nicht entging.

„Sie dürfen sich ruhig amüsieren. Er führt sich auf, als hätte man ihm im Sandkasten seine Burg kaputt gemacht ..."

„Tut mir leid, Signora Giamotti ..., aber Ihr Mann ist unser Chef, es ist seltsam, wenn Sie so über ihn reden. Aber ist er wenigstens bereit, die Tournee fortzusetzen?"

„Keine Sorge, das wird er tun, ob bereit oder nicht. Ich bleibe die nächsten Tage bei ihm, möchte aber ein eigenes Zimmer."

„Selbstverständlich, das organisiere ich. Hat er schon entschieden, wann er morgen mit der neuen Besetzung proben möchte?"

„Nein, aber sagen Sie mir die Uhrzeit, dann richte ich es ihm aus."

„Ich glaube, dass er das selber bestimmen möchte."

„Ja, er möchte immer alles bestimmen. Und wenn alles genau so läuft wie er will, geht es ihm bestens. Glauben Sie mir, ich heiratete vor zwei Jahren einen angesehenen Dirigenten, doch ich lebe mit einem verzogenen Kind zusammen, auch wenn es bereits zweiundsechzig Jahre alt ist. Naja, so lange ich ihn nicht stillen muss ... also, wann wird morgen geprobt?"

„Zwölf bis sechzehn Uhr und abends das Konzert in Montreux. Früher geht es nicht, da die Aushilfen alle erst am Vormittag anreisen."

„Gut, er wird sich daran halten. Ich werde mich die nächsten Tage zurückziehen, wir sehen uns dann nach dem Abschlusskonzert in Florenz bei unserem Gartenfest. Sie sind auch dabei?"

„Aber natürlich."

Signora Giamotti lächelte ihr zu und verließ den Raum. Ihre lockere und bestimmende Art gefiel Anne. Sie nahm eine Kopfschmerztablette und ging mit neuem Elan an die Arbeit. Von ihrem Laptop aus schickte sie eine Kurznachricht mit den morgigen Probezeiten an alle Musikerhandys. Es war vereinbart worden, dass jeder auf diesem Wege erreichbar sein musste. An Artur Bronkönig verfasste sie eine handschriftliche

Nachricht, die sie ihm vom Hotelservice in seine Suite bringen ließ.

Kurz vor Mitternacht erreichte sie endlich den Pauker aus Zürich, auf den sie alle Hoffnung gesetzt hatte. Er konnte kurzfristig einspringen. Nun fehlte nur noch ein erster Konzertmeister. Die einzige noch in Frage kommende Musikerin aus ihrer Liste war erst am nächsten Morgen zu erreichen.

Sie dachte an Frank, bei dem ihre Tochter Lisa nun wohnte. Auch wenn sie es vermeiden wollte, ihn zu holen, so war er doch ihre mögliche Rettung, denn er hatte in seiner Position als Konzertmeister in einem anderen Orchester schon mehrmals bei ihnen gespielt, schien Zeit zu haben und war bereits vor Ort.

***

Drei Tage vor den Geschehnissen in Lausanne kam Frank in Meillerie an, wo er schon mehrere Sommerurlaube verbracht hatte. Die Anreise aus Süddeutschland glich einer Pilgerfahrt durch erinnerungswürdige Orte.

In Bregenz hatte er sein Auto nahe am Bodensee geparkt und lief zu der legendären Seebühne, wo jeden Sommer Opernaufführungen unter freiem Himmel stattfinden. Hier dachte er an Wiebke, einer verflossenen Liebe, rothaarig und impulsiv, die mit ihm Musik studiert und damals ein Engagement im Bregenzer Opernchor hatte. Sie verbrachten die drei Wochen im Wechsel zwischen Hotelbett und Bühne. Er wunderte sich, wie Wiebke dies durchgehalten hatte und erfuhr erst später, dass sie zu jener Zeit bereits ein Auge auf den zweiten Tenor geworfen hatte, mit dem sie bald darauf drei rothaarige Kinder in die Welt setzte.

Nach Bregenz ging es erneut auf die Autobahn, bis er hinter Zürich die Raststätte Würenlos ansteuerte, ein über der Autobahn schwebendes Einkaufszentrum. Im dortigen Restaurant gab es einen Fensterplatz, wo er im Frühjahr 1982 Kaffee trank und sich plötzlich der Geiger Pinchas Zukerman an den Nebentisch setzte. Zwanzig Minuten lang rang er mit sich, Zukerman anzusprechen, doch er wagte es nicht. Was hätte er sagen sollen? Dass er auch geigte? Dass er ihn bewundere? Warum ihn mit solchen Banalitäten stören? Als Zukerman aufstand und ging, war Frank, als hätte er eine Gotteserscheinung gehabt. Kurz darauf kam eine junge Bedienung an seinen Tisch und fragte, ob er Insulin bräuchte oder ob das bei ihm ein Unter-Zukerman-Schock sei. Sie lächelte ihn an, stand fünf Minuten später in Jeans und pinkfarbener Bluse erneut vor ihm und verkündete, dass ihre Schicht zu Ende sei. Auf dem Weg zu ihrem Zimmer in einer WG stellte sich heraus, dass sie in der Raststätte nur jobbte, eigentlich in Zürich Geige studierte, wo

Zukerman ein Seminar gegeben hatte, bei dem sie Teilnehmerin war. Sie habe an Franks Reaktion gemerkt, dass er Zukerman erkannte und fand es souverän, dass er ihn in Ruhe gelassen hatte. Als er sie am nächsten Morgen zu ihrem Schichtbeginn in Würenlos absetzte, meinte sie mit leichtem Bedauern, dass so eine Nacht unwiederholbar sei und außerdem ihr Freund heute zurück käme, den sie nicht vorhabe, seinetwegen zu verlassen. Sie hieß Isabel, was vielleicht nicht mal stimmte, an ihrer Wohnungstür standen nur Nachnamen. Er sah sie nie wieder.

Der nächste Pilgerort hieß Bern, wo er vor langer Zeit eine Woche verbracht hatte, um sich über eine mögliche Ehe mit Anne klar zu werden. In dieser Woche ernährte er sich fast ausschließlich von Kaffee, was ihm zu geistiger Klarheit verhalf, wenngleich der Koffeinexzess stark euphorisierend wirkte. So erschien sein künftiges Leben als einziger Höhenflug. Zu spät erkannte er, dass das Koffein ihm lediglich einen Anfall spätpubertärer Naivität verschafft hatte, in dessen Nachwirkung er Anne schließlich heiratete. Insofern war Bern für ihn ein Mahnmal, weshalb er die Stadt keinesfalls auslassen durfte.

Von dort zum Genfer See war es nicht mehr weit. Als die Autobahn steil in Richtung Vevey abfiel, bestaunte er einmal mehr den Blick über den See. Die Illusion eines besseren Lebens bekam hier eine Art Bühne, mehr noch, dieser See schenkte ihm eine Gelassenheit, die er woanders nicht fand. Ein älterer Orchesterkollege, dem er diese Gedanken in einem unvorsichtigen Augenblick anvertraute, lachte nur und meinte, das sei der berufsbedingte Neid auf die hohe Künstlerdichte dieser Gegend, arrivierte Künstler wohlgemerkt. Letztlich seien wir alle Orchestersklaven und damit verkannte Solisten, denen der Weltruhm aus rätselhaften Gründen versagt geblieben ist. Die hier Lebenden hätten schlichtweg Glück gehabt, wir unglücklich Verdammten hingegen müssten unser Genie dem Gefuchtel irgendwelcher Dirigenten opfern.

Frank wechselte damals schnell das Thema. Sein Kollege hatte überhaupt nichts verstanden. Umso eigensinniger pflegte er seither die Illusion, hier ein anderer Mensch sein zu dürfen.

Bei Montreux verließ er die Autobahn und fuhr durch den Ort. Am Casino, in dem für viele Jahre das legendäre Jazzfestival stattgefunden hatte, stoppte er kurz. Hier war er Miles Davis begegnet, der mit einer umwerfend schönen Frau zum Künstlereingang lief. Seit das Festival in einem Neubau stattfand, war das Casino zur Spielhölle verkommen.

Er ließ Montreux hinter sich, passierte das in den See gebaute Chateau Chillon und folgte hinter Villeneuve der Straße landeinwärts, bis sie bei Bouveret wieder am Wasser entlang führte. In St. Gingolph überquerte er die Grenze zu Frankreich und nach wenigen Kilometern erreichte er Meillerie, wo er wie üblich im Hotel du Lac abstieg. Es lag direkt an einem kleinen Bootshafen, dessen Beschaulichkeit nur einer der Gründe war, weshalb Frank diesen verschlafenen Ort so schätzte: Am Genfer See gelegen und aus irgendwelchen Gründen nie mondän geworden. Ähnlich dem Hotel, dreistöckig und mit einer Fassade, welche mit ihren Jugendstilornamenten an goldene Zeiten erinnerte, auch wenn die zum See hinausgehende Terrasse in den siebziger Jahren mit rauchbraunem Glas zum Wintergarten verunstaltet worden war und seither das Restaurant beherbergte. Doch Frank liebte diesen Makel genauso wie die verschnörkelten Schriftzüge des Hotelnamens an jeder Seite des Gebäudes. Als er es vor Jahren entdeckte, lag an der Rezeption ein Hausprospekt mit dem Bild eines amerikanischen Schauspielers, den Frank als drittklassigen Westerndarsteller zu erkennen glaubte und der das Hotel mit einem markigen Cowboyspruch lobte. Diese Glanzzeit war lange vorbei, die Zimmer mit ihrem morbiden Charme und der zweckmäßigen Einrichtung erinnerten eher an ein aufgegebenes Etablissement, in denen früher halbseidene Revuetänzerinnen ihre Bleibe hatten. Lediglich das Restaurant hatte die Jahrzehnte auf hohem Niveau überstanden.

Als er nun die Rezeption betrat und die unnachahmliche Eleganz des weißhaarigen Monsieur Toule erwartete, überraschte ihn eine junge Frau in Jeans und T-Shirt, die ihn durch ihre schief sitzende Brille interessiert musterte. Auf seine Nachfrage stellte sie sich als neue Besitzerin vor, die das Hotel zusammen mit ihrem Mann, der mit dem Restaurant seinem ersten Michelin-Stern näher kommen wollte, erworben habe. Die Zimmer seien inzwischen alle mit Nasszellen ausgestattet worden, man plane zudem eine grundlegendere Renovierung in einigen Jahren. Beim Ausfüllen des Gästeformulars beobachtete ihn die kleine Tochter der Besitzerin, die eine bunte Spielzeugbrille trug, welche genauso schief saß wie die ihrer Mutter. Gespannt trug Frank - einen Aufzug gab es aus Platzgründen nicht - seinen Koffer nach oben und wurde nicht enttäuscht. Das Mobiliar war unverändert, wenngleich es noch abgenutzter aussah als bei seinen letzten Besuchen. Die Nasszelle hingegen war neu. Er fand es aufrichtig von der jungen Frau, diese in eine Zimmerecke gesetzte Kunststoffbox nicht als Bad zu bezeichnen. Offensichtlich hatte man noch Reste der alten Zimmertapete auftreiben können, deren fehlende Patina aber ins Auge stach und damit den Versuch zunichtemachte, die Nasszelle nahtlos ins Zimmer zu integrieren. Wenn man - wie er - den Genfer See zu seiner eigentlichen Heimat auserkoren hat, musste man sich in Bescheidenheit ergeben, sonst waren längere Aufenthalte ruinös. Wahrscheinlich war dieses Hotel der einzig mögliche Ort dafür.

Er öffnete das Fenster mit Blick auf den See. Direkt unter ihm legte gerade ein Segelboot im Hafen an und weiter draußen zog ein Ausflugsschiff seine Linie in Richtung Lausanne, dessen Konturen sich in der Ferne abzeichneten. Er packte seinen Koffer aus, legte sich auf das Bett und schlief, von der Fahrt ermüdet, sofort ein.

Später duschte er ausgiebig und suchte dann in der vom Wasserdampf vernebelten Nasszelle nach einer Türklinke, wobei er die Toilettenspülung auslöste. Er tastete weiter die feuchten

Plastikwände ab, bis er die Tür schließlich öffnen konnte. Die Dampfschwaden zogen durch das Zimmerfenster ins Freie ab.

Im Restaurant entschied er sich für einen Tisch in der Ecke und die Besitzerin, nun elegant gekleidet und geschminkt, brachte ihm die Speisekarte. Ihre Brille saß noch immer schief. Er entschied sich für das *Menu du Jour*. Mit Anne war das Bestellen im Restaurant immer ein langwieriges Entscheidungsdrama gewesen, eine Erblast ihrer Mutter. Bei dem Gedanken überkam ihn eine Art posttraumatischer Müdigkeit. Seine Schwiegermutter hatte nie einen Hehl daraus gemacht, dass er ihr als Schwiegersohn nicht passte: Zu bieder, zu gewöhnlich, zu langweilig. Das gleiche äußerte sie allerdings auch über Anne, ihrer einzigen Tochter. Die Schwiegermutter war eine Art Naturgewalt und immer bereit, in Begeisterungsstürme auszubrechen. Vor allem Neues und Unbekanntes entfachten diese ekstatischen Beben und obwohl nur von kurzer Dauer, waren sie schwer erträglich, weshalb ihr Mann diese Buschfeuermentalität nicht allzu lange überlebte. Leider erbte Anne eine nicht unbeträchtliche Dosis dieses mütterlichen Vulkans, was auch ihrer Ehe abträglich war. Franks Art, die Dinge bedächtig anzugehen, von der Schwiegermutter als komatöses Phlegma verhöhnt, kollidierte ständig mit Annes Energieschüben. Dass sie sich selbst angesichts der mütterlichen Urgewalt keineswegs als kraftvoll wahrnahm, im Gegenteil, jede ihrer Anstrengungen versinnbildlichte für sie den verlorenen Kampf gegen ihre übermächtige Mutter, machte alles noch komplizierter. Ihre Diskussionen endeten trotz Franks analytischer Sorgfalt meist betrüblich. Seiner üblichen Schlussbemerkung, wenig Lust zu haben, sich ebenso frühzeitig wie sein Schwiegervater vom Acker machen zu müssen, nur weil er eine gewisse Gelassenheit schätze, folgte Annes ebenso verzweifelter wie hilfloser Blick aus tränenfeuchten Augen.

Die junge Frau kam an den Tisch und nahm seine Bestellung auf, empfahl ihm zum Menü einen leichten Rotwein, vorzugsweise einen Lavaux vom nahen Seeufer, der hervorragend zu der Hauptspeise passe. Er nahm ihren Vorschlag an. Wäre seine Schwiegermutter dabei gewesen, hätte es Ärger gegeben. Ihr ungefragt etwas zu empfehlen, war mehr als nur unvorsichtig, es kam einem Affront gegen ihr in über siebzig Jahren angehäuftem Erfahrungswissen gleich. Anne blieb beim Bestellen dagegen immer höflich, konnte sich aber für nichts entscheiden.

Im Moment freute sich Frank an der Abwesenheit beider und versank in den Anblick des Sees. Es war still, die anwesenden Gäste unterhielten sich dezent, selbst vom Hafen her drang kein Geräusch. Die junge Frau brachte ihm die Flasche Wein, entkorkte sie routiniert und schenkte ihm ein wenig davon in das Glas. Er roch daran, schwenkte das Glas und nahm dann einen Schluck. Für sein Lob schenkte sie ihm ein derart charmantes Lächeln, dass er sich beglückwünschte, wieder hierhergekommen zu sein.

Letztlich hatte er dies Juliette Jouard, einer jungen Geigerin aus Evian, zu verdanken. Die ungewöhnlich frühe Sommerpause seines Orchesters dauerte dieses Jahr sieben Wochen, er hatte Zeit im Überfluss, weshalb ihm Juliettes Anfrage, sie auf ihr anstehendes Probespiel für eine Orchesterstelle vorzubereiten, gelegen kam. Das Unterrichten begabter Talente bedeutete eine willkommene Abwechslung, vor allem wenn diese am Genfer See wohnten.

Nach dem Essen kam der Koch zusammen mit seiner Frau an den Tisch. Er war Frank ebenso sympathisch wie dessen Frau, sie schienen fleißig und begabt und hatten den Mut aufgebracht, viel Zeit und Geld in dieses Hotel zu investieren. Er lobte das Essen und die Speisekarte mit ihrer kleinen, aber exklusiven Auswahl. Der Koch strahlte ihn an und verschwand wieder in der Küche.

Draußen war es inzwischen dunkel geworden. Er schlenderte am beleuchteten Uferweg entlang und blickte auf das Lichtermeer am gegenüberliegenden Ufer. Von einem Steg aus konnte er das hell leuchtende Montreux und seine bis hoch über dem Ort liegenden Ausläufer erkennen. Irgendwo dort oben hatte Stiller, Max Frischs berühmte Romanfigur, mehr als nur das Haus seines Lebens gefunden. Er ging zurück ins Hotel, las noch einige Seiten und fiel dann todmüde und zufrieden ins Bett.

Er schlief lange. Um noch ein Frühstück zu bekommen, beeilte er sich beim Duschen, seine Orientierung in der Nasszelle nahm zu. Im Frühstücksraum saß nur noch ein junges Paar, welches verliebt miteinander lachte. Die Besitzerin brachte ihm eine Kanne Kaffee und er frühstückte ausgiebig. Als das junge Paar den Raum verließ, war nur noch das Kühlaggregat der Buffettheke zu hören. Er sah auf die Uhr, Juliette Jouard erwartete ihn um halb eins, es wurde Zeit. Sein Citroen stand seit dem Morgen in der brennenden Augustsonne, das Lenkrad schien zu glühen. Während er alle Türen öffnete, bedauerte er es, sich nicht rechtzeitig um die seit Monaten defekte Klimaanlage gekümmert zu haben. Mit offenen Fenstern fuhr er nach Evian, der Fahrtwind machte die Hitze erträglicher. Im Ort bog er in eine steil ansteigende Straße und folgte Juliettes Wegbeschreibung, mit deren Hilfe er ihre Adresse in einem hoch über dem See gelegenen Außenbezirk von Evian mühelos fand. Am Eingang des Anwesens der Familie Jouard wartete er auf Einlass. Mit seinem Geigenkoffer in der Hand blickte er zu der Kamera hoch, die über dem Eingangsportal thronte. Mehrere Minuten, die ihm wie eine Ewigkeit vorkamen, stand er in der prallen Sonne, was seine Laune allmählich verschlechterte. Er griff nach seinem Handy, um Juliette anzurufen. Da bewegte sich das Tor. Lautlos glitten die schmiedeeisernen Flügel auseinander und er betrat das Anwesen. Der Kiesweg führte durch einen mit Installationen bevölkerten

Park, alle im unverkennbaren Stil des Schweizer Künstlers Jean Tinguely, die aber - das wusste er von Juliette - von ihrem Vater stammten. Dessen florierendes Immobilienbüro genoss exzellenten Ruf und erforderte in erster Linie Diskretion, in zweiter Linie Geduld und in allerletzter Linie Zeit, weshalb Monsieur Jouard viel davon seiner skurrilen Leidenschaft, dem Kopieren des Tinguelyschen Werks, widmen konnte. Konsequent bereiste er die Standorte der Originale, fotografierte sie und skizzierte detailliert deren Mechanik und Bewegungsabläufe. Danach begann die Suche nach den entsprechenden Schrottteilen, was an Unmöglichkeit grenzte und ihn oft wochenlang beschäftigte, bis er schließlich in akribischer Feinarbeit das jeweilige Plagiat anfertigen konnte. Exakt zu wissen was man suche, sei das Geheimnis erfolgreichen Findens, erzählte er gerne den Besuchern seiner Werkstatt - allesamt Kunden seines Immobilienbüros - letztlich entspreche dies auch der Grundhaltung seines Berufs, gleichgültig ob die Vorderachse eines Buicks aus den sechziger Jahren oder aber ein zweistöckiges Anwesen mit Seeblick, Südterrasse und hundefreier Nachbarschaft das Objekt der Begierde sei. Über dem Eingangstor seiner Werkstatt in dem ehemals als Pferdestall genutzten Nebengebäude hing ein Emailschild mit der Aufschrift *Plagiaterie*, wo er mit - wie er es nannte - an krimineller Energie grenzender Detailversessenheit die Installationen nachbaute und auch hin und wieder verkaufte, korrekterweise als Plagiat ausgewiesen und preislich moderat gehalten. Als Makler hingegen lehnte er Objekte unter zwei Millionen Kaufpreis ab. Er kannte zwischen St. Gingolph und Hermance, dem französischen Ufer des Genfer Sees, so gut wie jeden Hausbesitzer, der sich mit dem Gedanken trug, sein Anwesen zu verkaufen. Eröffnet hatte er sein Immobilienbüro 1984, da war er vierunddreißig Jahre alt. Mit dem väterlichen Vermögen ausgestattet, zudem französisch, deutsch, englisch und italienisch sprechend, wurde seine Agentur schnell zur ersten Adresse in der Gegend.

Zwischen zwei aufeinander zulaufenden Hecken tauchte nun das mit Efeu bewachsenem Hauptgebäude auf, welches als Schloss zu klein, als Villa aber zu überdimensioniert wirkte. Eher erinnerte Frank das Gebäude an ein nordfranzösisches Hotel mit dem eindrucksvollen Namen „Le Chateau", das aber nur deshalb so hieß, weil es das größte Haus des Dorfes war. Frank blieb stehen. Die beiden kleinen Außentürme, deren Form sich auch im Eingangsportal andeutete, umfassten die fensterreiche Front des Gebäudes. Die grünlich verwitterten Fensterläden waren zur Südwestseite hin verschlossen. Er lief die wenigen Stufen zum Eingang hoch und läutete an dem Klingelknopf aus Messing. Kurz darauf erschien ein Dienstmädchen, die ihn mit ihren blauen Augen neugierig musterten.

„Sie sind der Geigenlehrer von Juliette?"

Er nickte lächelnd.

„Einen Augenblick bitte."

Sie verschwand und schloss dabei den Türflügel. Er wartete erneut und wandte sich um. Über den Park hinweg öffnete sich ein famoser Blick auf den See. Kurz darauf öffnete die Dame des Hauses, Madame Jouard.

„Der Geiger?"

„Ja, noch, aber in Kürze einem Hitzeschlag erlegen."

„Warten Sie hier."

Der Türflügel fiel ein weiteres Mal ins Schloss. Er spürte, wie ihm der Schweiß am Rücken hinunter lief, da hörte er eilige Schritte und das Gesicht von Juliette tauchte auf.

„Hallo! Entschuldige, dass du warten musstest."

Sie umarmte ihn und er verzieh ihr sofort. Im Haus war es kühl. Von der weiträumigen Diele führte eine Treppe in die darüber liegenden Stockwerke. Die Geländer samt Handlauf waren aus Marmor, an der Wand hingen Wandteppiche, Waffen und etliche Gemälde, die er interessiert betrachtete. Schließlich führte ihn Juliette in einen salonartigen Raum.

„Voilá, unser Arbeitszimmer."

Er sah sich um. Von einem modernen Fazioli-Flügel abgesehen, deutete nichts auf ein Leben im einundzwanzigsten Jahrhundert hin. Die Sessel verschiedenster Epochen, an den Wänden entlang aufgestellt, die verzierten Tische, auf denen gerade mal zwei Schalen Milchcafé Platz fanden, die düsteren alten Gemälde von Malern, die völlig zurecht niemand mehr kannte, alles wirkte so auffallend unpraktisch und antiquiert, dass einem schauderte.

„Kannst du in diesem Museum üben?“, fragte er Juliette.

„Es geht, du solltest mal das Wohnzimmer sehen … mein Zimmer ist übrigens die Schande des ganzen Hauses.“

„Warum?“

„IKEA!“, lachte sie ihn an.

Sie ließ zwei Flaschen Wasser bringen, von denen Frank eine zügig austrank.

Juliette war zweisprachig aufgewachsen, hatte ihr Abitur in einem Züricher Internat gemacht und danach fünf Jahre in Deutschland Musik studiert, der gelegentlich einsetzende französische Akzent passte zu ihrer aparten Art. Ihr vom Vater geerbtes Sprachtalent überragte Franks respektable Französischkenntnisse bei Weitem.

Sie begannen mit dem Unterricht. Irgendwann betrat Madame Jouard leise den Raum und setzte sich auf einen der Louis-XIV-Sessel. Frank warf ihr einen flüchtigen Gruß zu, den sie aber ignorierte.

Immer wieder gingen sie die kritischen Stellen durch. Dank Juliettes Musikalität und ihrer souveränen Technik setzte sie seine Anweisungen schnell um, gleichzeitig beeindruckte ihn ihre Ausdruckstiefe. Er wusste bereits einiges über ihr Leben, das nicht so komplikationslos verlaufen war, wie man es vermuten konnte. Auf jeden Fall erschien ihm ihr Ziel erreichbar, die Stelle in Annes Orchester zu bekommen, wo Juliette in zwei Wochen zum Probespiel eingeladen worden war. So konzentrierten sie sich auf die dort verlangten Stücke. Als sie Pause machten verließ ihre Mutter wortlos den Raum.

„Ist sie immer so gesprächig?“, fragte er.

„Mutter wird immer verschlossener, doch sie meint es nicht unhöflich.“

Sie gingen nach draußen, setzten sich in den Schatten einer großen Eiche und tranken Kaffee. Dazu aßen sie die Brioches, welche das Hausmädchen auf einem Tablett servierte.

„Wo wohnst du?“, fragte Juliette.

„In Meillerie, fünfzehn Minuten von hier. Hotel du Lac, direkt am See.“

„Das kenne ich, mein Vater ist begeistert von dem neuen Koch, sie sind gelegentlich dort. Aber in Meillerie könnte ich nie leben, allein beim Durchfahren ist es mir unheimlich, das dunkle Bergmassiv drängt die Häuser ja fast ins Wasser.“

„Mein Zimmer liegt zum See hin und an klaren Tagen sieht man bis nach Lausanne hinüber.“

„Aber hinter dir steht eine gewaltige Felswand.“

„Beunruhigt dich das?“

Später fuhren sie mit dem Unterricht fort. An einer schwierigen Passage fasste er ihr von hinten an den rechten Arm, um die Bogenhaltung zu korrigieren. Juliette wandte sich plötzlich um, so dass seine Hand auf ihrer rechten Brust zu liegen kam und gab ihm einen flüchtigen Kuss auf die Wange. In diesem Augenblick betrat ihr Vater den Raum.

„Was erlauben Sie sich?“, brüllte er und kam mit großen Schritten auf Frank zu, der ihm gelassen entgegen sah.

„Ich arbeite an ihrer Bogenhaltung, das geht nicht ohne Körperkontakt.“

„Sie verlassen sofort mein Haus!“, brüllte Jouard.

„Mit Verlaub, Sie verkennen die Situation. Zudem ist Ihre Tochter sechsundzwanzig Jahre alt und weiß was sie tut.“

Frank bemerkte, dass Juliette seinem Blick auswich, und sagte mit fester Stimme:

„Juliette, wir können auch in meinem Hotelzimmer weiter machen.“

Jouard warf ihm einen scharfen Blick zu:
„Das werden Sie noch bereuen."
„Sie aber auch."
Frank packte seine Violine in den Koffer, erinnerte Juliette daran, dass er am nächsten Tag in Genf zu tun habe, weshalb der Unterricht erst gegen Abend stattfinden könne, und verließ ohne Jouard weiter zu beachten, das Haus. Bevor er das Heckenlabyrinth erreichte, warf er noch einen Blick zurück auf das Anwesen und meinte in einem der Fenster Madame Jouard zu erkennen, die sich rasch abwandte. Er stieg in seinen Citroen und wunderte sich, dass Juliette das Verhalten ihres Vaters einfach so hinnahm.

Sie hatten sich in Wien kennen gelernt. Er begutachtete damals bei dem Instrumentenhändler Steingold eine interessante Guadagnini-Violine. Zur gleichen Zeit hielt sich Juliette mit ihren Eltern im Laden auf, wo ihr Vater sich über das Polizeiaufgebot gegenüber dem Gebäude des Musikvereins und die drei Hubschrauber lustig machte, welche die Innenstadt überflogen.
„So ein Aufstand, nur weil ich in Wien bin", scherzte er und Steingold lächelte galant, obwohl er Bemerkungen dieser Art in den letzten Tagen schon dutzende Male gehört hatte. Die höchste Sicherheitsstufe wegen irgendwelcher Staatsmänner, die im nahen Excelsior wohnten, war er gewohnt. Juliette betrat den Raum, in dem Frank die Guadagnini spielte. Ihr Anblick brachte ihn aus der Fassung, sie sah seiner ehemaligen Nachbarin Natalia, die früher neben seinem Elternhaus wohnte und der er viel zu verdanken hatte, verblüffend ähnlich. Sie war zwar nicht so makellos schön wie seine Nachbarin damals, nein, aber auf eine auffallende Weise apart. Genau dies war der passende Ausdruck für Juliettes außergewöhnliches Gesicht und ihren seltsam dunklen Augen, die mit einer diskreten Eleganz in die Welt blickten. Ihre Mundpartie war

weich, die volle Oberlippe überragte die strenger wirkende Unterlippe. Sie blieb ohne zu fragen, ob sie ihn störe, was er ihr angesichts ihres Anblicks sofort verzieh. Nun betraten ihre Eltern mit der gleichen Selbstverständlichkeit den Raum, die Mutter sprach kein Wort, der Vater hörte ihm kurz zu und ging mit Steingold wieder in den Verkaufsraum. Als die beiden erneut den Raum betraten, bestand Jouard wortreich darauf, die Guadagnini für seine Tochter zu kaufen, nachdem er sich vergewissert hatte, dass es keine teurere Violine gab.

„Sie muss zu Ihrer Tochter passen, das hat mit dem Preis erst mal wenig zu tun.", sagte Steingold zu Juliettes Vater.

Ungehalten blickte Frank zu Steingold:

„Ich schätzte bisher die diskrete Ruhe, in der man bei Ihnen Geigen ausprobieren konnte."

Juliette wurde unruhig, von ihrem Vater spürte er einen kritischen Blick, nur Steingold, der genau wusste, dass Frank sich die Geige nicht leisten konnte, blieb gelassen und meinte:

„Solange Bush in Wien ist, finden Sie diese Ruhe nirgends."

Er wollte gerade die Guadagnini in den Koffer legen, als Juliettes Mutter ihn auf Französisch darum bat, nochmals zu spielen, was sein Stolz ihm jedoch verbat. Beim Hinausgehen folgte ihm Juliette und steckte ihm ihre Handynummer zu.

„Bitte rufen Sie mich an, ich möchte Sie etwas fragen."

Dieses Treffen in Wien war zwei Jahre her und nun verbrachte er seinen Sommerurlaub an seinem geliebten See und unterrichtete sie. Am Abend ging er erneut in das Restaurant seines Hotels und aß zu Abend. Er musste Juliettes Vater Recht geben, die Küche war auch dieses Mal wieder hervorragend.

***

Frank erwachte bei strahlendem Sonnenschein. Er trat auf den Balkon seines Hotels, am Ufer gegenüber lag Lausanne fast zum Greifen nah. Es war unklar, ob der Unterricht mit Juliette heute stattfinden würde, er ging davon aus, dass sie sich bei ihm melden würde.

Doch zuerst wollte er nach Genf. Nach dem Frühstück fuhr er los, doch hinter Evian begann der Verkehr wegen zahlreicher Baustellen zu stocken, so dass er fast zwei Stunden brauchte.

In Genf angekommen, fuhr er nahe am See mit Blick auf die mondänen Hotelbauten entlang der Uferpromenade, bog in den Quai du Général Guisan bis zur Einfahrt in Parking du Mont Blanc, was sich als unterirdisches Labyrinth herausstellte. Er stellte sein Auto ab und notierte sich Etage sowie Parkplatznummer. Der Ausgang lag direkt am See, wo die hohe Wasserfontäne mit beeindruckender Kraft das Wahrzeichen der Stadt darstellte. Er lief ein Stück stadteinwärts die Rhone entlang und bog dann ab in Richtung Victoria Hall, in der das Orchester, bei dem Anne im Management arbeitete und Juliette sich um eine Stelle bewarb, abends im Rahmen ihrer Schweiz-Tournee auftrat. Den Saal der Victoria Hall kannte er bereits von eigenen Konzerten. Schräg gegenüber dem Künstlereingang der altehrwürdigen Konzerthalle setzte er sich auf eine halbhohe Mauer am Place Béla-Bartók und wartete auf seine Tochter Lisa, mit der er sich hier verabredet hatte. Sie hatte Frank bereits erzählt, dass in Genf Annes neuer Freund dabei sei, was ihn aber nicht sonderlich interessierte. Ihre Trennung lag zwei Jahre zurück, lediglich die Scheidung stand noch aus. Als sie damals versuchten, ihrer Tochter Lisa die Trennung schonend, aber unmissverständlich kundzutun, wehrte diese sich mit aller Kraft dagegen. Wenn Lisa heulend in ihr Zimmer stürmte, zweifelten sie an ihrem Entschluss, was aber nie lange anhielt. Schließlich hatte er sich eine eigene Wohnung genommen.

Nun begleitete Lisa Anne auf der Tournee, streunte vermutlich bis in die Nacht durch die Städte und provozierte alle mit ihrer kürzlich erreichten Volljährigkeit, durch die ihr Selbstbewusstsein besorgniserregende Ausmaße angenommen hatte.

Bald tauchten am Künstlereingang die ersten Musiker auf, von denen er etliche kannte. Dann erschien Anne, neben ihr ein elegant gekleideter Mann, dem Anschein nach Südländer. Sie gingen Hand in Hand zu einem BMW mit offenem Verdeck, vor dem Einsteigen küsste er sie und hielt ihr die Wagentür auf. Sie fuhren los. In diesem Augenblick hielt ihm von hinten jemand die Augen zu.

„Was schaust du so nach Mama, lass sie doch rumturteln mit ihrem Torero."

„Lisa!"

Er freute sich, seine Tochter zu sehen. Sie sah keck aus, ihre strahlend grünblauen Augen, die Haare zum Zopf geflochten, ein T-Shirt von Greenpeace und eine Jeans, die viel zu weit unter dem Bauchnabel endete. Sie bemerkte seinen Blick und lachte:

„Mein Herr, ich habe Abitur und bin seit vierundzwanzig Tagen volljährig."

„Diese Hose ist eine Provokation..."

„...ich weiß, Mama sagt das gleiche. Alle Männer wollen bei meinem Anblick nur das Eine, ich projiziere deren Begierden und ..."

„Wo hast du das denn her?"

„Steht in dem Buch, dass du mir geschenkt hast: Einführung in die Psychologie."

„Dann bin ich beruhigt. Hast du einen Studienplatz?"

„Ja, gestern kam die Zusage, Oma hat den Brief gleich geöffnet und mich angerufen."

„Gratulation, Lisa."

„Als Psychologin kann ich endlich eure Trennung aufarbeiten und sogar Geld damit verdienen."

Auch wenn sie vordergründig nur Spaß machte, versetzten ihm ihre Worte einen Stich. Sie bemerkte es sofort.

„Ach Papa, lass mich doch spötteln, ich freue mich einfach auf das Studium."

Er wunderte sich, wie abgeklärt seine Tochter wirken konnte.

„Noch besser ginge es mir, wenn Mamas Freund nicht wäre.", fuhr sie bekümmert fort.

„Warum?"

„Er schaut mich immer so merkwürdig an, wenn Mama nicht da ist, vor allem wenn ich aus dem Bad komme."

Als sie Franks entsetzten Blick sah, fing sie laut an zu lachen, gab ihm einen Kuss auf die Wange und fragte ihn, ob er sie zum Eis essen einlade, schließlich habe er ihren Studienplatz noch nicht mit ihr gefeiert. Während sie zu einer Eisdiele gingen, fragte er sich, von wem Lisa diesen Humor hatte. Schlimmstenfalls von seiner Schwiegermutter.

Während der Rückfahrt wunderte er sich, dass Juliette sich nicht bei ihm gemeldet hatte, dann würde der Unterricht wohl ausfallen, was letztlich ihr Vater zu verantworten hatte. Als er am Abend im Hotelrestaurant nochmals eine Kleinigkeit essen wollte, traf er auf Jouard, der dabei war, mit seiner Frau aufzubrechen.

„Monsieur Beckmann, guten Abend! Um ehrlich zu sein, der Vorfall gestern Nachmittag tut mir leid, ich hoffe, Sie unterrichten Juliette weiterhin."

Er sah nicht nach Bedauern aus, seine buschigen Augenbrauen zuckten nervös, als würde eine Gewitterfront über seiner Stirn ziehen.

„Gut, sagen Sie Juliette, dass wir morgen zur gewohnten Zeit Unterricht machen, allerdings hier im Hotel."

Jouards Blick verdüsterte sich.

„Sie sind mutig."

Madame Jouard kam hinzu und drängte zum Aufbruch.

„Einen Augenblick meine Liebe, ich möchte das noch mit Monsieur Beckmann klären."

„Monsieur Jouard, ich nehme ihre Entschuldigung gerne an, doch scheint mir ein ungestörtes Arbeiten bei Ihnen unmöglich."

Dieser schien Widerstände solcher Art nicht gewohnt zu sein.

„Monsieur Beckmann, was soll das? Wir schätzen Ihre Arbeit. Darum, und nur darum, sage ich Ihnen zu, dass weder ich noch meine Frau Sie künftig stören werden."

Frank sah die Vorteile, denn damit würde sich das Problem erledigen, stundenlang alleine mit Juliette in seinem Hotelzimmer zu sein. Er wollte keine Komplikationen.

„In Ordnung, dann bei Ihnen zu Hause."

Jouard reichte ihm die Hand und sagte:

„Übrigens, die Küche hier ist die beste am ganzen französischen Ufer."

Am Vormittag machte er sich erneut auf den Weg zu Jouards Villa. Über dem See lag noch ein feiner Dunst. Er stellte das Auto seitlich vor dem Gittertor ab und läutete. Sofort öffnete es sich und er lief zur Villa, wo Jouard bereits auf ihn wartete.

„Leider ist Juliette heute unpässlich, doch ich wollte sowieso nochmals mit Ihnen sprechen."

Ohne weiter darauf einzugehen, dass er den Weg nun umsonst hergefahren war, nahm Jouard ihn mit in sein Arbeitszimmer, der Zentrale seines Immobiliengeschäfts: Die Wände holzgetäfelt, hohe dunkle Eichenregale, gefüllt mit penibel angeordneten Akten, dazu reichlich Fachliteratur sowie Lexika und abgesehen vom Bürosessel nur antike Möbel. Auf seinem Schreibtisch stand der Monitor der Überwachungskamera, auf dem das Eingangsportal und das Heck seines Citroens zu sehen war. Jouard bat ihn Platz zu nehmen und zündete sich eine

Zigarre an, während das Hausmädchen Kaffee servierte. Er blies genüsslich den Rauch in die Luft und betrachtete dabei die Zigarre.

„Castro wird alt, sein Bruder auch. Und kaum wittert Kuba etwas Freiheit, schon produzieren sie miserable Havannas. Wollen Sie auch eine?"

„Danke, ich rauche nicht."

„Monsieur Beckmann, ich frage mich manchmal, ob Begegnungen zufällig sind oder einen tieferen Sinn in sich tragen. Hätten sie einen, müsste sich dieser in einem bedeutungsklaren Rahmen zeigen, oder meinen Sie nicht?"

Frank sah ihn fragend an.

„Nun, ich traf Sie gestern Abend in Meillerie, so konnte ich mich bei Ihnen entschuldigen. Hätte ich sie nicht getroffen, wären sie heute nicht vergeblich hierhergekommen, wo Juliette unpässlich im Bett liegt."

„Ist sie krank?"

„Wir wissen es nicht."

Er trank einen Schluck Kaffee, zog erneut an seiner Zigarre und nahm ein Buch aus dem Regal, um bedächtig darin zu blättern.

„Ah, hier. Unser guter alter Arthur."

Frank sah Schopenhauers Name auf dem Buchrücken. Jouard zitierte:

„Auch das Zufälligste ist nur ein auf entfernterem Wege herangekommenes Notwendiges."

Der Satz gefiel ihm, doch die Art wie Jouard ihn aussprach, klang eher wie eine Drohung.

„Auf was wollen Sie hinaus?", fragte er Jouard.

Dieser sah ihn wortlos an, legte das offene Buch beiseite und die Zigarre in den Aschenbecher, stand auf und verließ das Zimmer. Die Zigarre qualmte weiter. Frank nahm das Buch, las den Schopenhauer-Satz mehrmals durch und tippte ihn dann auswendig in sein Handy. Gute Zitate waren immer brauchbar, insofern nahm er Jouards rätselhaften Abgang nachsichtig hin. Irgendwann tauchte das blauäugige Dienstmädchen auf und meinte, sie würde ihn hinausbegleiten, Monsieur Jouard habe einen wichtigen Termin wahrzunehmen. Frank bat darum, Juliette sehen zu dürfen, doch sie erwiderte, dies sei nicht möglich.

„Warum?“

„Tut mir leid, Mademoiselle Juliette will Sie nicht sehen.“

Draußen flüsterte sie ihm noch zu, er solle vorsichtig sein.

Er ging zurück durch den Park. Als er sich umdrehte, um einen Blick auf die Villa zu werfen, lag alles still und friedlich da. Das Gittertor öffnete sich exakt in dem Augenblick, als er dort ankam. Jouard war ein seltsamer Mensch, wenngleich er ihm nicht unsympathisch war.

Durch Juliettes Unpässlichkeit einen freien Tag vor sich, beschloss er, Evian zu erkunden, das er bisher gemieden hatte. Evian-les-Bains, wie es eigentlich hieß, war letztlich ein Kurort und zu solchen hatte er berufsbedingt ein zwiespältiges Verhältnis. In Deutschland hatte so gut wie jeder Kurort, der etwas auf sich hielt, seine Festspielwochen und bei den bekanntesten dieser Art spielte er mit seinem Orchester Jahr für Jahr die gleichen Programme. Selbst behutsam vorgeschlagene Änderungen versetzten die örtlichen Festspielleitungen in helle Aufregung, als wollte man jegliche gesundheitliche Risiken für die Konzertbesucher vermeiden. Stattdessen gab es Haydn und Mozart als bekömmlichen Auftakt, nach der Pause Dvorak oder Tschaikowsky oder allerhöchstens Beethoven, sofern vom kurärztlichen Vorstand bewilligt. Zudem mochte Frank die Atmosphäre der Kurorte nicht, in denen die Wohlhabenden nahezu unter sich waren und neben den Anwendungen im Kurhotel permanent über Essen oder teuren Wein redeten und abends klassische Konzerte konsumierten. Dass er diesen Menschen und deren Wohlstand seine Arbeitsstelle verdankte und er in zwanzig Jahren genauso dazugehören würde, war ihm klar. Insofern bedeutete jedes Betreten eines Kurorts ein Stück

Zukunftsbewältigung, wie er es nannte. Außerdem fehlten in den Kurorten noch mehr als sonst die jungen Konzertbesucher, selbst in den Großstädten sah man kaum noch Zuhörer unter dreißig und jene waren fast ausnahmslos Musikstudenten.

Er parkte sein Auto an der Uferstraße von Evian und ging die belebte Seepromenade entlang in Richtung Fährhafen. Seine Sorgen verflüchtigten sich, für einen Kurort wirkten die Menschen wesentlich jünger und vitaler als von ihm befürchtet. Erst bei den Thermen entdeckte er die erwartete Altersgruppe in größerer Ansammlung. Er schlenderte weiter und betrachtete die Belle-Epoque-Dekoration der großen Bauten entlang der Uferpromenade, wo Blumenschmuck, Wasserspiele und farbenfrohe Skulpturen aus exotischen Gewächsen auf ein modernes Tourismuskonzept deuteten. Diese Lebendigkeit war ihm immer noch lieber als die Behäbigkeit, wie sie etwa die Bodenseeinsel Mainau ausstrahlte. Ein lange zurückliegender Besuch an einem Geburtstag von Annes Mutter hatte seine erste ernste Ehekrise ausgelöst. Er nannte Mainau damals eine Art florales Las Vegas, während seine Schwiegermutter jedes Detail fotografierte und sich mental zu einem Tulpen-Nelken-Rosen-Tornado aufschwang, an deren Ende ihr damals noch lebender Mann Herz-Rhythmus-Störungen und Franks Ehe einen ersten Knacks bekam. Für Frank war Mainau seither die Hölle. Im Vergleich dazu wirkte Evian richtig wohltuend. Er verließ das Seeufer und lief über einen mit Marktständen gefüllten Platz hoch zur Fußgängerzone. Hier herrschte vergnügtes Treiben inmitten kleiner Geschäfte, Cafés und Restaurants. Zufällig entdeckte er ein Werbefenster mit den Informationen zu Jouards Immobilienagentur, eine eigene Filiale mit Öffnungszeiten und Angestellten schien er nicht nötig zu haben.

Im Zentrum der Fußgängerzone stand ein imposanter Jugendstilpalast, der eine Ausstellung über die berühmte Mineralwasserquelle beherbergte. Hinter dem Gebäude lagen zwei

Quellen mit schlichten Becken aus Marmor, an denen sich das Wasser in Flaschen abfüllen ließ.

Er lief weiter, eine steinerne Treppe hoch, die durch einen Laubengang führte, hinter dem sich der Blick auf das imposante Hotel Savoy auftat. Der in die Jahre gekommene Gebäudekomplex weckte Assoziationen an die Zeit der goldenen Zwanziger und schien als Filmkulisse wie geschaffen. Der ansteigende Weg führte zum Hotel, wo er am Eingang Madame Jouard entdeckte. Eigentlich kein Wunder, dachte er sich, Evian war ein Dorf, in dem man sich kaum aus dem Weg gehen konnte. Madame Jouard stand dort mit einer Frau, die ein ärmelloses gelbes Kleid trug. Sie sprachen vertraut miteinander und umarmten sich schließlich wobei er sah, wie Madame Jouard zum Abschied ihre Hand zärtlich über den Unterarm der Frau gleiten ließ. Juliettes Mutter stieg daraufhin in ein Taxi, während die andere Frau den Weg durch den Hotelpark hinunter zur Stadt nahm. Unwillkürlich folgte er ihr. Sie lief bis zur Uferpromenade und setzte sich dort auf eine Bank, um eine Zigarette zu rauchen. Schließlich ging sie weiter am Wasser entlang, ließ den Palais Lumiere sowie das Casino hinter sich, bog stadteinwärts ab und überquerte den Place Charles-de-Gaulle. Vor einem Geschäftshaus kramte sie einen Schlüsselbund aus ihrer Handtasche, schloss die Ladentür auf und verschwand im Inneren. Frank folgte und warf einen Blick in die Auslagen - edle Frauenmode samt Accessoires, alles unbezahlbar.

Vor einer kleinen Brasserie stoppte er. Die hinter der Theke angerichteten Speisen sahen verführerisch aus. Er wählte eine Quiche mit Spinat und setzte sich in die hinterste Ecke, wohin man ihm seine aufgewärmte Speise brachte. Noch vor dem ersten Bissen trat plötzlich die gelb gekleidete Frau an seinen Tisch und fragte ihn, warum er sie verfolgt hätte. Verblüfft antwortete er:

„Keine Ahnung. Aber auch das Zufälligste ist nur ein auf entfernterem Wege herangekommenes Notwendiges."

Er sah einen kurzen Schreck in ihren Augen, doch ihre Stimme klang unverändert souverän:

„Weshalb lässt mich dieser Schwachkopf beschatten und, verzeihen Sie, warum von einem Anfänger?"

Frank verstand nichts.

„Wollen Sie sich setzen?", bot er ihr an.

„Nein, aber eine Antwort."

Er versuchte zu lächeln, schwieg jedoch. Sie sah ihn verächtlich an, ihre Augenbrauen zuckten unruhig:

„Jetzt spart Jouard schon beim Personal. Muss man sich Sorgen um ihn machen?"

„Wie kommen Sie auf Jouard?", fragte er.

„Den Schopenhauer wird er sich vermutlich in seinen Grabstein meißeln lassen. Gehört zu ihm wie seine idiotischen Tinguely-Kopien, mit denen er versucht, geistreich zu wirken. Machen Sie übrigens gerade ein Praktikum als Detektiv? Wenn Sie mich fragen, ist das nichts für Sie."

Er hatte keine Ahnung, in was er da hinein geraten war. Ihre geschwungenen Augenbrauen erinnerten an die F-Löcher einer Violine.

„Es tut mir leid, Sie enttäuschen zu müssen, aber meine Zeiten als Praktikant sind schon lange vorbei."

„Warum haben Sie mich dann verfolgt?"

„Ich unterrichte Juliette Jouard, sah Sie zufällig mit ihrer Mutter reden und hatte den gleichen Weg wie Sie, was in diesem Dorf schon fast zwingend ist. Eigentlich völlig uninteressant bis auf den Umstand, dass Sie offensichtlich befürchten, verfolgt zu werden, warum auch immer."

„Ich erwarte in Ruhe gelassen zu werden."

„Das beruht auf Gegenseitigkeit."

Sein gereizter Tonfall ließ sie kurz den Atem anhalten. Dann wandte sie sich ab und verließ das Lokal. Die Quiche war inzwischen kalt geworden.

Beim Verlassen der Brasserie klingelte sein Handy. Es war Juliette.

„Wie geht es dir?", fragte er sie.

„Gut. War nur ein kleines Zwischentief. Ich bin schon wieder am Üben."

„Freut mich, ich wurde heute nicht zu dir vorgelassen, du warst abgeschirmt wie eine Diva."

„Ach mein Vater, er stirbt immer halb vor Sorge, wenn es mir nicht gut geht. Sag mal, könnten wir später doch noch Unterricht machen und danach Essen gehen? Ich muss hier endlich mal raus."

Erfreut sagte er zu, fuhr in sein Hotel zurück und legte sich etwas hin. Am Spätnachmittag traf er bei ihr ein, wo sie bis in den Abend hinein arbeiteten. Danach zog sie sich um und empfing ihn in einem roten Kleid mit tiefem Ausschnitt, das ihr hinreißend stand und in dem sie ihn einmal mehr an seine frühere Nachbarin erinnerte. Juliette lotste ihn aus dem Haus und meinte, ihr Vater brauche davon nichts zu wissen. Im Park begegneten sie dem Dienstmädchen, das gerade zu ihrem Abenddienst kam. Er erzählte Juliette von der Warnung, die sie ihm gegenüber ausgesprochen hatte.

„Ach, unsere süße Helene, sie liest zu viele Krimis."

Juliette führte ihn in ein italienisches Restaurant, das in einer Seitenstraße lag, die er bei seiner Ortserkundung am Vormittag noch nicht entdeckt hatte. Dort erzählte er erstmals von ihrer Ähnlichkeit mit seiner früheren Nachbarin. Sie wollte alles darüber wissen.

„Ich war sieben und fasziniert von einem illustrierten Buch über das Wunderkind Mozart. Monatelang lag ich meinen Eltern in den Ohren und bekam schließlich zum achten Geburtstag eine Geige. Ich war selig und lernte mit Begeisterung bei einem guten Lehrer. Natalia Baumbach, unsere Nachbarin, war Musikliebhaberin und lobte mein Talent. In der Pubertät ließ mein Eifer nach, was Natalia nicht entging. Ich begann mich mehr für sie als fürs Üben zu interessieren. Vom Schlafzimmer meiner Eltern aus konnte ich in den Nachbargarten sehen, wo sie jeden Nachmittag auf einer Liege ihren Mittagsschlaf hielt oder mit einem Lehrbuch fleißig italienisch lernte. An besonders heißen Tagen lag sie dort im Bikini, sie war wunderschön mit ihren neunundzwanzig Jahren. Dass unser Nachbar, der dicke Baumbach, mit ihr ein Kind gezeugt haben sollte, schien mir unvorstellbar. Irgendwann sprach mich Natalia auf meinen nachlassenden Eifer beim Üben an und versuchte mich davon zu überzeugen, wie wichtig es sei. Spontan lud sie mich ein, ihr meine Stücke in ihrem Haus vorzuspielen. So ging ich alle zwei Wochen zu ihr. Brahms schätzte sie besonders. Ich hatte den Eindruck, dass ihr Gesicht aufzublühen begann, wenn ich dessen Stücke gut spielte. Einmal, ich hatte viel geübt, stand sie während des Spiels auf, nahm meine Hände in die ihren und küsste sie. Wie sie in leicht gebückter Haltung so nah vor mir stand, bestätigte sich mein Verdacht, dass sie unter ihrer Bluse nichts trug und unbeschreiblich gut duftete. Irgendwann passierte es dann. Sie nahm erneut meine Hände, führte sie dieses Mal aber sanft auf ihre Bluse, wo ich durch den Stoff hindurch eine ihrer Brüste spüren konnte. Gleichzeitig legte sie ihre Hand in meinen Schritt, um die Reaktion auf ihr Geschenk zu überprüfen. Sie lächelte mich an und schien zufrieden. Es kam nun immer auf meine Spielqualität an, wie weit sie mich gewähren ließ. Je besser ich spielte - und sie hörte dies mit erstaunlichem Gespür - umso großzügiger zeigte sie sich. Das Violinkonzert von Brahms brachte schließlich den Durchbruch und den Lohn für all meine Mühen - den ersten Liebesakt meines Lebens. Sie schien ebenfalls ihre Freude daran zu haben. Mit widerwilliger Erlaubnis ihres Mannes nahm sie mich öfters zu Konzerten berühmter Geiger mit in die Großstadt. Einmal verpassten wir wegen der Überlänge des Konzerts den letzten Zug zurück. Wir riefen zu Hause an und es wurde beschlossen, dass wir im Hotel übernachten sollten. Wir buchten zwei Zimmer, belegten aber nur eines davon. Zuerst

Pinchas Zukerman auf der Bühne, in der Pause eine wunderschöne Natalia umringt von Künstlern jeden Alters und danach mit mir im Hotelbett, ich konnte es kaum fassen. Außerdem wollte sie wegen ihrer Faszination für Italien unbedingt mit mir in die Mailänder Scala. Doch aus diesem kühnen Plan wurde leider nie etwas."

Er nahm einen Schluck aus seinem Weinglas.

Juliette fragte ungeduldig:

„Und wie ging dieser Höhenflug zu Ende?"

„Kurz vor meinem siebzehnten Geburtstag sah sie mich wohl in der Stadt in vertrauter Situation mit einer Freundin. Beim nächsten Besuch fiel mir gleich ihr veränderter Gesichtsausdruck auf, sie tat sich schwer, mir zu erklären, dass es an der Zeit sei, mich mit gleichaltrigen Mädchen abzugeben. Außerdem gäbe es Hinweise, dass ihre Tochter die Vorspielnachmittage zu durchschauen begann. Auch ich bemerkte die argwöhnischen Blicke meiner Mutter, wenn ich von meinen wöchentlichen Auftritten im Nachbarshaus zurückkam. So beendete sie unser Abenteuer, war aber weiterhin so natürlich zu mir, als wäre nie etwas zwischen uns geschehen."

Sie beendeten den Hauptgang und bestellten Kaffee.

„Hat denn ihr Mann nie etwas davon bemerkt?", fragte Juliette.

„Nein, seltsamerweise. Er arbeitete zu viel und kam oft erst spät abends nach Hause. Baumbach war ein beleibter, unsportlicher Mann, betrieb damals ein renommiertes Bekleidungsgeschäft, weshalb er sich für etwas Besseres hielt. Seine Tochter durfte nie mit uns anderen Kindern der Straße spielen."

„Das kenne ich. Was machte Vater immer einen Aufstand, wenn ich Schulkameradinnen besuchen wollte. Am liebsten hätte er einen Privatdetektiv vorgeschickt, bevor er mir erlaubte, den Nachmittag woanders zu verbringen. Wenn es dann soweit kam, brachte er mich in seinem größten Auto dorthin, was war mir das peinlich!"

Frank lachte.

„Apropos großes Auto, Baumbach hatte einen Opel Admiral, damals ein Luxus! Mein Zimmer lag schräg oberhalb seiner Garage und viele Jahre wachte ich morgens vom Motorlärm auf. Baumbach musste zuerst seine zwei Zentner durch die Enge der Garage in das Auto zwängen, dann drückte er das Gaspedal durch und kuppelte dabei nur minimal ein, so dass der Wagen Zentimeter für Zentimeter aus der Garage kroch und dabei neben dem Lärm noch einen Höllengestank verbreitete."

„Wie konnte diese Natalia so einen Mann ertragen?"

„Keine Ahnung, das habe ich sie nie zu fragen gewagt. Meine Mutter ließ irgendwann die Bemerkung fallen, dass sie aus ärmlichen Flüchtlingsverhältnissen kam und Baumbach ihr Wohlstand versprach. Er wiederum habe sich durch ihre Jugend und ihre Schönheit zu einer überstürzten Heirat hinreißen lassen. Dass sie sofort schwanger und mit neunzehn Jahren Mutter wurde, zog wohl Ernüchterungen im Alltag nach sich. Bald begann er lautstark, so dass wir Nachbarn es problemlos mitverfolgen konnten, seiner Frau ihre polnische Herkunft vorzuwerfen, worauf sie erwiderte, wer so fett sei wie er, könne nun mal nicht alles haben. Meist fügte sie dann ein versöhnliches „mein Dickerchen" hinzu. Mangels Humor überhörte er dies, denn von groben Männerwitzen abgesehen, konnte er über nichts lachen."

„Aber wenn sie Musik so mochte, wie hielt sie das aus? Er ging doch sicher nie in ein Konzert?"

„Doch, einmal musste er mit. Natalia hat meiner Mutter später alles berichtet. Zu seinem vierzigsten Geburtstag schenkte sie ihm Karten für ein Karajan-Konzert. Baumbach hat die Fahrt in die Landeshauptstadt widerwillig auf sich genommen und ist den ersten Konzertteil über geblieben, weil er das erlesene Publikum beobachtete. Irgendwann verfinsterte sich sein Gesichtsausdruck und sie sah, wie sein Hochmut zu bröckeln begann. Der Glanz all dieser Großstadtmenschen passte perfekt in dieses Konzert, endlich schien er sich selbst provinziell und deplatziert vorzukommen. Auf dem Weg in die Pause lästerte er, Musik sei für ihn vergeudete Zeit und dieses Orchester ein sinnlos zusammen getrommelter Haufen, der unter der Fuchtel jenes weißhaarigen Meisters Klänge erzeuge, die ihm scheißegal seien. Natalia ignorierte seine düstere Miene, indem sie mehrere Gläser Sekt trank und ihm ankündigte, so etwas künftig öfters machen zu wollen. Sein erschrockener Gesichtsausdruck ließ sie derart spitz auflachen, dass umstehende Besucher ihnen abschätzige Blicke zuwarfen. Grimmig verließ er das Konzerthaus und verkroch sich in seinen Opel. Währenddessen flirtete sie bei einem weiteren Glas Sekt mit einem prominenten Galeristen an der Theke. Nach der Konzertpause blieb der Platz neben ihr leer und auf der Heimfahrt wechselten sie kein einziges Wort."

„Hat die Ehe lange gehalten?"

„Nein, es ging nicht gut aus. Einige Zeit nach dem Ende unserer Liebesbeziehung erwachte ich von einem ungewohnten Lärm und sah durchs Fenster, dass Baumbachs Admiral beim Herausfahren die Garagenmauer gerammt hatte und eine Wagenseite schwer beschädigt war. Er stand daneben und schrie fluchend in den Himmel, dass diese polnische Schlampe an allem Schuld sei. Beim Frühstück erwähnte meine Mutter, dass Natalia am Vortag die Stadt verlassen habe, nachdem ihr Mann ihr eine Liebesaffäre vorgeworfen habe, was die ganze Straße mithören konnte. Aufgedeckt hatte es wohl seine Tochter und Natalia schien dies weder zu leugnen noch zu bedauern. Ich bekam Herzklopfen und sah verstohlen zu meiner zehn Jahre älteren Schwester Ingrid, die gerade zu Besuch war. Es sei zudem ein Brief von ihr für mich im Briefkasten gelegen, den sie geöffnet habe. Meine Mutter sah mich kritisch an und ich errötete, obwohl ich ihr eigentlich hätte vorwerfen müssen, in meiner Post zu schnüffeln. Sie gab mir den Brief, dessen Inhalt ich auswendig kenne:

Lieber Frank,

mache alle Menschen so glücklich wie mich mit deiner Kunst.

Alles Gute - Natalia Baumbach

Meine Erleichterung war mir wohl deutlich anzumerken. Mutter fragte nach, was Frau Baumbach damit meine. Mir fiel nichts ein, da sagte meine Schwester, die Baumbach meine mein Instrument. Für einen Augenblick trafen sich unsere verschwörerischen Blicke, obwohl wir uns damals schon fremd geworden waren. Wir schafften es kaum ernst zu bleiben. Ärgerlich stand meine Mutter auf und redete den ganzen Tag nicht mehr mit uns. Meine Schwester wollte danach mehr wissen, doch ich schwieg. Mein Geheimnis ging sie nichts an, auch wenn sie möglicherweise etwas ahnte. Ich wusste, dass sie sich gut mit Natalia verstand, Ingrid war ja nur wenige Jahre jünger als sie und eine Zeit lang hatten sie viel miteinander zu tun, bis Ingrid schließlich ihre Firma gründete und nur noch selten zu Besuch kam. An einem der nächsten Nachmittage, als ich sicher sein konnte, dass Baumbach sich im Geschäft aufhielt, läutete ich an der Nachbarstür. Die Tochter öffnete und fuhr mich an, was ich hier wolle. Ich fragte, ob ihr Vater wisse, *wer* es war, woraufhin sie meinte, dass er mich umbringen würde, wenn sie es ihm verriete. Wenn er deswegen ins Gefängnis müsse, habe sie gar niemanden mehr. Dann schlug sie die Türe zu und einige Monate später zogen sie fort in einen anderen Stadtteil."

Juliette sah ihn ernst an.

„Das ist eine total traurige Geschichte, wenn eine Mutter einfach so verschwindet. Kam sie irgendwann wieder zurück?"

„Nein, ich habe nie wieder von ihr gehört. Du siehst ihr wirklich sehr ähnlich."

„Ich bin also lediglich dein Natalia-Ersatz?"

Er sah sie an, sie schien jedoch keineswegs verstimmt zu sein.

„Ich muss dich enttäuschen, du bist völlig unabhängig davon eine wunderbare junge Frau."

„Ein Grund mehr bei mir zu bleiben!"

Es gelang ihm nur mit Mühe, Juliettes Dekolleté zu ignorieren. Irgendetwas schwebte unverändert zwischen ihnen und sein gefasster Entschluss, sich nicht mehr mit ihr einzulassen, geriet ins Wanken durch die Einblicke, die sie ihm bot, wenn sie sich zu ihm herüber beugte, was sie auffallend oft tat. Sie schien seine Unschlüssigkeit zu spüren, was ihre gute Laune weiter steigerte. Während sie weiter über Natalia sprachen, verfiel Juliette in eine immer ausgelassenere Stimmung. Gleichzeitig schien ihm, als bedrücke sie etwas. Er fragte sie nach einer Weile des Schweigens:

„Juliette, geht es dir wirklich gut? Oder ist da wieder etwas zwischen dir und deinem Vater? Fängt er wieder an dich zu bewachen?"

„Nein, wie kommst du darauf?"

„Du hast mir mal deine Probleme mit ihm erzählt. Dazu passt, dass du gestern, als er mich aus dem Haus warf, deinen Mund nicht aufgebracht hast."

„Es ist alles in Ordnung."

Er glaubte ihr nicht. Sie hielt das Gespräch weiter am Laufen und betörte ihn mit ihren dunklen Augen. Spielte sie ihm etwas vor? Nach dem Essen drängte sie darauf, bei ihm im Hotel zu übernachten. Es fiel ihm schwer, doch er erwiderte, dass er dies für keine gute Idee halte.

„Wir sind zum Arbeiten hier, Juliette. Außerdem würde dein Vater mich dafür ermorden, das blieb mir bei Natalia erspart, ein zweites Mal werde ich nicht lebendig davon kommen."

„Du warst schon mal weniger schüchtern."

„Juliette, ich brauche keine Komplikationen."

„Welche Komplikationen? Anne und du, ihr habt euch doch inzwischen längst getrennt."

„Dank deiner Postkarte aus Granada."

„Tu nicht so, als wärt ihr sonst noch zusammen. Ich war doch nur der längst überfällige Anlass.“

Er sah sie lange an, konnte sich aber nicht dazu durchringen, ihr Recht zu geben.

„Im Grunde habe ich dich aus einer unguten Ehe gerettet. Das könnten wir im Hotelzimmer feiern.“

Ihre Beharrlichkeit wirkte beinahe traurig.

„Juliette, es ist alles nicht so einfach und hat nichts mit dir zu tun, im Gegenteil, ich bin nur heilfroh, noch etwas Vernunft aufbringen zu können.“

Ihr Blick verdüsterte sich.

„Vernunft ist manchmal ein unerträglich übler Mist.“

Er konnte sich nicht erinnern, je eine solche Ausdrucksweise aus ihrem Mund gehört zu haben. Sie schwieg während der Fahrt und sagte beim Aussteigen nur leise:

„Adieu.“

Dann verschluckte sie der Park.

Am nächsten Tag rief ihn seine Tochter Lisa an und berichtete von den chaotischen Vorfällen in Annes Orchester. Sie sitze total gelangweilt im Hotelzimmer und Mama verbreite Hektik und schlechte Laune, weshalb Lisa ihm vorschlug, sie in Annes Hotel abzuholen. Er hatte nichts dagegen und fuhr nach Lausanne.

Nach ihrer Ankunft in Meillerie bezeichnete Lisa den Ort bald als den ödesten am ganzen See. Frank lag auf dem Bett und las, sie zappte mit zunehmend schlechter Laune die Sender des Fernsehers durch. Später gingen sie an der Uferpromenade spazieren. Abends wollte er ihr Evian zeigen, was ihre Laune ein wenig besserte, doch als sie ins Spielcasino drängte und er dies ablehnte, sprach sie den ganzen Abend kein Wort mehr. Er hatte für sie ein kleines Dachzimmer dazu gebucht, in das sie sich für die Nacht zurückzog.

Es folgte erneut ein strahlend schöner Tag und Lisa erschien in etwas besserer Laune. Beim Frühstück schlug er ihr vor, mit dem Schiff eine Seerundfahrt zu unternehmen, was sie nur mit einem resignierten Schulterzucken kommentierte. Sein Handy klingelte, es war Anne und damit vorbei mit der Ruhe.

„Frank, Gott sei Dank! Du kennst meine missliche Lage und mir fehlt noch ein Konzertmeister."

„Anne, nein ..."

„Frank, bitte, ich brauche dich noch heute."

„Anne, ich würde dir ja gerne ..."

„Frank, du kennst Giamotti nicht!"

„Ich will ihn auch nicht kennen."

„Gib mir bitte Lisa."

Gelangweilt nahm Lisa das Handy, beendete schließlich das Telefonat und sagte zu ihm:

„Mach es mir zuliebe. Hier ist es so langweilig. Bitte!"

Er hatte so etwas geahnt, vor einem Bündnis der beiden gab es kein Entrinnen. Wenn er zudem Lisas Laune in Betracht zog, war diese Ablenkung nicht schlecht. Den Unterricht mit Juliette musste er zwar für einige Tage aussetzen, aber sie konnte gut alleine üben und vielleicht wollte sie sogar in eines der Konzerte. Schließlich war es das Orchester, bei dem sie bald vorspielen würde.

Er rief Anne zurück.

„Gut, ich mach es."

„Danke. Heute um zwölf Uhr hier in Lausanne im Théatre de Beaulieu. Die Probe ist bis sechzehn Uhr angesetzt und um halb acht findet eine kurze Anspielprobe im Salle du Stravinsky in Montreux statt. Konzertbeginn ist halb neun."

„Wo sind die anderen Konzerte?"

„Übermorgen Bern, dann Locarno und Luzern sowie ein separates Abschlusskonzert in Florenz. Wir spielen eine frühe Haydn-Sinfonie, Beethovens drittes Klavierkonzert und Mussorgskys Bilder einer Ausstellung."

„Alles Standard-Repertoire, kein Problem. Du musst mir aber Konzertkleidung organisieren. Ich habe nichts dabei."

„Mache ich. Danke Frank, bis nachher, du bist ein Schatz."

Lisas Miene hatte sich bereits aufgehellt.

„Super, endlich raus aus Meillerie!“

Eine Stunde später saß er mit Lisa im Auto in Richtung Lausanne und erkundigte sich während der Fahrt über den Verbleib von Annes Torero. Lisa antwortete, er habe nur wenige Tage Zeit gehabt und sei seit gestern wieder bei der Arbeit. Doch so, wie er beim Genfer Konzert gelitten habe, sehe sie keine Zukunft für die beiden.

„Der wird sich nicht mehr melden.“, endete sie.

Frank fragte nicht weiter nach. In Lausanne, wo Anne ihm ein Hotelzimmer reserviert hatte, ging er die Noten der Orchesterstücke durch, die auf seinem Bett lagen. Lisa hatte er zu Anne geschickt, was sie ohne Widerstand akzeptierte. Um halb zwölf ging er zur Probe in das Théatre de Beaulieu, wo er auf die gesund gebliebenen Mitglieder des Orchesters traf, die ihn von früheren Aushilfstätigkeiten her kannten.

„Ist Giamotti als Chef wirklich so furchtbar?“, fragte er seinen Pultnachbarn.

„Ja, aber es gibt schlimmere. Immerhin verdienen wir gut an den Plattenverkäufen mit ihm, erhalten Einladungen aus der ganzen Welt und - das weißt du selber - unter all den unerträglichen Dirigenten glänzt er wenigstens durch künstlerisches Niveau.“

Als Giamotti sichtbar schlecht gelaunt die Bühne betrat, ignorierte er die Anwesenden weitestgehend. Lediglich Frank in dessen Funktion als Konzertmeister gab er flüchtig die Hand. Die Musiker waren ebenfalls gereizt, durch den Ausfall ihrer Kollegen mussten sie diese lange und konzentrierte Zusatzprobe in ungewohnter Besetzung machen. Harry Brunner ging in seiner Funktion als Vorstand zu Giamotti, redete kurz mit ihm und wandte sich dann den Musikern zu. Er dankte allen für ihren Einsatz, vor allem den zumeist in Hektik angereisten Aushilfen. Den erkrankten Kolleginnen und Kollegen gehe es den Umständen entsprechend, die Robusten unter ihnen könnten übermorgen schon wieder zum Dienst antreten, nur wenige lägen noch immer in der Klinik, es sei aber in keinem Fall etwas wirklich Ernstes. Die Situation werde, so bedauerlich sie für die erkrankten Kollegen auch sei, ihrem Orchester viel öffentliche Aufmerksamkeit bringen, vor allem wenn das abendliche Konzert gut verlaufe. In allem Üblen stecke auch immer etwas Positives. Während er zu seinem Instrument ging, wurde Beifall gespendet. Giamotti wirkte nun plötzlich hochkonzentriert und führte mit seinem glasklaren Dirigat die Musiker zügig durch die Sinfonie und den Mussorgsky, ließ sie spielen, wo es klappte und machte seine Vorstellungen nur bei den holprigen Stellen in prägnanten Bemerkungen deutlich, um sie dann sofort zu wiederholen. Die kleinere Besetzung nahm er kommentarlos hin und passte die veränderten Lautstärkeverhältnisse mit Dynamikanweisungen seiner linken Hand pragmatisch an. Anne saß seitlich auf der Bühne und konnte kaum glauben, dass dieser Mann, der sich gestern noch beleidigt in seinem Zimmer betrank, nun wie ausgewechselt wirkte und das Wagnis einer einzigen Probe in ungewohnter Besetzung so souverän anging. In der Pause vernahm sie aus dem Orchester Anerkennung für seinen effizienten Arbeitsstil, während die Orchesterwarte auf der Bühne den Flügel zum Dirigentenpult schoben.

Anne hatte vom Hotelmanager erfahren, dass Bronkönig sich über Giamottis ungebührliches Verhalten in der Hotellobby beschwert hatte und erwartete nichts Gutes. Die Einspielung der Mozartschen Klavierkonzerte von Giamotti und Bronkönig galten selbst nach fünfzehn Jahren noch als Referenzaufnahme und Krönung musikalischen Einklangs und Brillanz, doch was die beiden in letzter Zeit öffentlich über den jeweils anderen äußerten, ließ auf einen Bruch ihrer langjährigen Freundschaft schließen. Der Grund dafür war unbekannt.

Nach der Pause kehrten die Musiker an ihre Pulte zurück. Frank gab am Flügel den Ton vor und das Orchester stimmte die Instrumente, bis es still wurde. Alle warteten auf Giamotti und Bronkönig. Annes Befürchtungen schienen sich zu bewahrheiten, die beiden Meister waren in Kampfstellung gegangen: Wer zuerst die Bühne betrat, setzte sich dem Risiko aus, dass der andere ihn demonstrativ warten ließ - undenkbar für beide. Anne wurde nervös. Dem lauter werdenden Gemurmel zufolge begannen auch etliche Musiker die Verzögerung zu durchschauen. Anne warf einen verzweifelten Blick zu Frank, der sofort verstand. Er erhob sich und ging zum Bühnenausgang.

In diesem Augenblick betrat Herr Hürrli den Saal. Anne stürmte auf ihn zu und erklärte ihm die Situation, woraufhin Herr Hürrli erstmals seine Geduld zu verlieren schien und Frank mit energischen Schritten hinter die Bühne folgte.

Einige Minuten später erschienen Giamotti mit Herrn Hürrli am rechten sowie Bronkönig mit Frank am linken Bühnenzugang um zeitgleich das Podium zu betreten. Die Probe konnte beginnen.

Sowohl Herr Hürrli als auch Anne waren erstaunt, was sie schließlich zu hören bekamen. Am Schluss stand der Veranstalter auf und klatschte laut.

Der Vorfall schien vergessen. Die Probe hatte alle in eine Art Aufbruchsstimmung versetzt, unausgesprochen waren sie sich einig, am Abend ein möglichst perfektes Konzert abzuliefern.

Danach bat Frank Anne, ihm eine Karte für das Konzert am Abend zu besorgen. Sie fragte nicht weiter nach und gab ihm kurz darauf Bescheid, dass sie an der Kasse auf seinen Namen zurückgelegt sei.

„Danke fürs Besorgen."

Sie sah ihn seltsam mild an.

„Danke für dein Krisenmanagement."

Frank rief Juliette vom Hotelzimmer aus an, um sie für den Abend einzuladen. Sie reagierte überrascht, ihre Verstimmung wegen des unguten Abschieds vom Vorabend war verflogen.

„Ein Konzert? Warum denn das? Und weshalb dieses Orchester?"

„Weil sie mich vom Fleck weg engagiert haben."

„Wie, du spielst dort mit?"

„Der Trend geht zum Zweitorchester, da dachte ich ..."

„Ich glaube dir kein Wort!"

„Gut, dann bis später. Die Karte liegt auf meinem Namen an der Abendkasse. Wir treffen uns danach am Künstlereingang."

Er legte auf und hielt kurz inne. Wollte er Anne damit ärgern? Oder Juliette beeindrucken? War er gerade dabei, sich neue Schwierigkeiten aufzuhalsen mit einer Frau, die nur einige Jahre älter war als seine Tochter? Er nahm sich vor, die Nacht alleine in seinem Hotelzimmer zu verbringen, das war vernünftig und angemessen. Dagegen sprach ein logistisches Problem: Er würde mit ihr in Montreux essen, sie müsste ihn dann nach Lausanne ins Hotel fahren und schließlich den entgegengesetzten Weg nach Evian alleine zurück fahren. Außer er nahm ein Taxi. Alles wenig wahrscheinlich nach einem gemeinsamen Abend. Eigentlich musste er ihr absagen. Doch das kam nun nicht mehr in Frage. Er beschloss, das Problem sich selbst zu überlassen und legte sich für eine Stunde ins Bett. Als ihn der Wecker aus dem Tiefschlaf riss, bereitete er sich aus dem Pulver, das beim Wasserkocher lag, einen Espresso zu. Er schmeckte fürchterlich, vertrieb aber seine Müdigkeit. Nun zog er den von Anne organisierten Frack an - er passte ihm notdürftig - und ging zuerst zur Abendkasse, um die Platznummer der Freikarte zu erfragen. So entdeckte er Juliette sofort, als er zum Konzertbeginn auf die Bühne kam. Sie trug wieder das wunderbare rote Kleid und hob sich damit deutlich von den vorwiegend dunkel gekleideten Besuchern ab.

Der Abend begann mit einer kurzen Ansprache von Herrn Hürrli, der dem Publikum die Geschehnisse der letzten achtundvierzig Stunden erläuterte. Als Giamotti die Bühne betrat, erhielt er einen besonders kräftigen Applaus. Die erste

Hälfte des Konzerts verlief erstaunlich gut, von Giamottis und Bronkönigs Zerwürfnis war nichts zu bemerken, sie ließen sich als legendäres Duo feiern und auch Bronkönigs solistische Zugabe kam wie gewohnt in virtuoser Spiellaune. Nach der Pause war es neben Giamottis Genialität vor allem den Bläsern zu verdanken, dass der Mussorgsky ohne Aussetzer gelang. Bevor er die Bühne verließ, zeigte Giamotti den Musikern in einer eindeutigen Pose seinen Dank an sie. Anne war überrascht, so etwas hatte es noch nie gegeben.

Hinter der Bühne herrschte nach dem Konzert ausgelassene Stimmung. Als Anne dazu kam, rief Harry Brunner eben eine Einladung aus: Er wolle ein Drittel des frisch besetzten Orchesters zu einem Menü einladen, um die Bedingungen für das nächste Konzert erneut zu verschärfen. Sie warf mit einem Programmheft nach ihm. In diesem Augenblick sah sie Frank zum Ausgang gehen. Sie hatte die rot bekleidete Frau auf der reservierten Platznummer sitzen sehen und sich maßlos geärgert. Das war diese junge Französin, der sie beide vor zwei Jahren in Andalusien begegnet waren. Die Postkarte, die kurz darauf aus Granada kam, besiegelte damals das Ende ihrer Ehe mit Frank. Während Anne zu den Bussen ging, welche das Orchester zurück nach Lausanne fuhren, kochte ihr Ärger weiter hoch. Frank wollte sie provozieren und sie ließ es zu. Zum Glück war Lisa im Hotelzimmer noch wach und lenkte sie ab. Gemeinsam sahen sie sich einen schlechten Thriller an und gingen dann schlafen.

***

Am Morgen lag Frank allein im Bett seines Lausanner Hotels. Juliette war bereits in aller Frühe aufgebrochen, da sie wegen ihres anstehenden Probespiels keinem der Orchesterkollegen begegnen wollte, um Missverständnissen vorzubeugen und keinen Argwohn zu erwecken. Es gab nach diesem Abend keinen Zweifel: Juliette erhoffte sich mehr von ihm und hing immer noch ihrem gemeinsamen Abenteuer in Granada nach.

Dies war nun zwei Jahre her, er und Anne hatten dort ihren letzten gemeinsamen Urlaub verbracht. Dem gingen langwierige Versuche voraus, ihre Ehe zu retten, doch der Wille allein reichte nicht aus, obwohl sie die Fehler, die sie aus früheren Beziehungen kannten, zu vermeiden versuchten. Anne war damals die Liebhaberin ihres doppelt so alten Klavierprofessors gewesen, während Frank in einer dieser Abhängigkeitsgaleeren fest gehangen hatte, aus der er alleine nie herausgekommen wäre. Sie sahen sich oft an der Musikhochschule, belegten gemeinsam das Fach „Tonsatz“ bei einem durch jahrzehntelanges Forschen am Kontrapunkt der Welt abhanden gekommenen Professor, dem sie durch vieldeutige Wortmeldungen Einblicke in das wahre Leben geben wollten. Nach der dritten Vorlesung lud Frank sie auf einen Kaffee ein und bis zum Ende des Semesters schafften sie beide den Abbruch ihrer jeweiligen Beziehung. Mit dem Cellisten Javier, einem spanischen Studienkollegen, gründeten sie ein Klaviertrio. Durch ihn erhielten sie das Engagement in einem Hotel an der Costa del Sol, welches seinen Eltern gehörte. Die freie Kost und Logis wog die bescheidene Gage bei weitem wieder auf. Jene drei Sommer, in denen sie ihre Ferien dort verbrachten, gehörten zu den unbeschwertesten Zeiten seines Lebens.

Irgendwann beendeten sie das Studium, doch als freischaffende Pianistin hatte Anne kaum Verdienstmöglichkeiten. Frank hingegen schaffte es nach verschiedenen Engagements in sein jetziges Orchester. Eine gute Stunde nach Bestehen seiner dortigen Probezeit und der damit verbundenen unbefristeten Anstellung zeugten sie ihre Tochter Lisa. Direkt neben der Orchesterverwaltung gab es eine kleine Absteige namens Pension Futura, wo er Anne völlig überdreht liebte, wild entschlossen, seine eben erreichte finanzielle Unabhängigkeit in ein gemeinsames Kind münden zu lassen. Die Ernüchterung kam zwei Monate später, als Anne vom Frauenarzt heimkehrte und sich mit der Bemerkung „Scheiß Spirale" an den Küchentisch setzte und zu heulen begann. Das Ende ihrer noch nicht mal ansatzweise begonnenen Karriere als Pianistin setzte ihr hart zu, eine Abtreibung kam für ihn nicht in Frage, Anne dagegen erwog dies mehr als einmal, allerdings konnte sie sich ohne seine Unterstützung nicht dazu durchringen. Deshalb bekam sie wenigstens ihren Willen in der Frage des Familiennamens. Die damalige Liberalisierung des Eherechts schuf neue Möglichkeiten und sie brauchte nur der Vorgabe ihrer Mutter zu folgen. Ab dem Zeitpunkt ihrer Heirat hieß Frank daher nicht länger Beck, sondern Beckmann. Ein Umstand, der im Orchester ein Novum war, von den Kollegen aber überraschend milde kommentiert wurde. Für seine Schwiegermutter war es selbstverständlich, was ihr jedoch nicht über die Enttäuschung hinweg half, ihre Tochter an einen Langweiler verloren zu haben, was die Situation für Anne noch schwieriger machte. Nach Lisas Geburt fügte sie sich nie in ihre Rolle als Mutter. Sie begann Kulturmanagement zu studieren und übte wieder Klavier, gab ein Solo-Recital, noch bevor Lisa eingeschult wurde und verzweifelte an dem wohlwollenden Tenor der Lokalpresse und einiger Kollegen. Der Respekt, der ihr entgegengebracht wurde, rührte zum Großteil von der Doppelbelastung als Mutter und Pianistin her. Schlimmer hätte es für sie nicht kommen können. Sie rührte den Flügel kaum mehr an und machte bald darauf, entlastet durch ihre Mutter, die sich um Lisa kümmerte, ein glänzendes Diplom als Kulturmanagerin. Der Glanz ihrer Ehe war jedoch dahin.

Lisas Ankündigung, nicht mehr mit in den Urlaub fahren zu wollen, stürzte sie beide in eine Krise. Lisa, damals sechzehn Jahre alt, war ihre Stütze, zu dritt stellten sie ein eingespieltes Team dar, es gab immer etwas zu lachen, zu reden oder zu unternehmen. Abseits des Alltags unverhofft so viel Zeit zu zweit zu haben, stellte für Anne eine Bedrohung dar. Trotzdem willigte sie in Franks Vorschlag ein, zu zweit Urlaub in Andalusien zu machen und am Schluss noch eine Woche in jener Hotelanlage zu wohnen, in der sie als Trio gespielt hatten.

Frank organisierte die Flüge, den Mietwagen und die Hotels in der Hoffnung, dass sie einander wieder näher kommen würden. Zwei Tage vor dem Abflug kam eine E-Mail des Reisebüros, dass die Fluggesellschaft den Flug am frühen Morgen gestrichen hätte und sie daher den späteren nehmen müssten, der ihnen zudem eine Zwischenlandung in Barcelona aufzwang. Letztlich kämen sie um zweiundzwanzig Uhr in Granada an. Er protestierte vergeblich, konnte aber die Zusicherung erhalten, dass sie den Mietwagen auch noch spät abends in Empfang nehmen konnten.

Während des Wartens auf den Abflug sah Anne ihn an und meinte, sie vermisse Lisa. Er antwortete, dass sie sich daran gewöhnen müsste. Sie wurde laut und versicherte, dass sie dies keineswegs beabsichtige. Auf seinen Einwand, es gäbe auch ein Leben zu zweit, sah sie ihn mit einem Widerwillen an, der ihn erschrak. Jener Blick ließ ihn erstmals ahnen, dass zwischen ihnen wesentlich mehr nicht stimmte, als er bislang angenommen hatte.

Die Reise wurde ein einziges Fiasko. In Barcelona gab es zwei kurzfristige Änderungen der Abfluggates nach Granada, die unverständlichen Durchsagen vergrößerten das Chaos. Endlich im Flugzeug gab es weder Essen noch Trinken, was angeblich mit den Tarifverhandlungen des Cateringpersonals zu tun hatte. Auf dem nächtlichen Anflug von Granada überflogen sie die hell erleuchtete Stadt, ein bewegender Anblick, der ihn Hoffnung schöpfen ließ, dass die spanische Lebendigkeit sie wieder zueinander finden lassen würde.

Sie standen als letzte am Gepäckband, wo nur noch der immer gleiche nicht abgeholte Koffer an ihnen vorbei glitt. Eine Flughafenangestellte teilte mit, dass kein weiteres Gepäck mehr käme und sie ihr folgen sollten, um die Verlustanzeige aufzugeben. Er sah am anderen Ende der Halle, dass ihre Mietwagenagentur schließen wollte. So bat er Anne, sich um die Anzeige zu kümmern, er würde inzwischen das Auto anmieten. Als er kurze Zeit später zu Anne kam, traf er auf zwei entnervte Frauen, die sich auf Englisch stritten. Dass die Spanierin, wie Anne ihm nachher zu verstehen gab, mit seinem Auftauchen schlagartig freundlich sein konnte und ihnen am Schluss begründete Hoffnung machte, dass die Koffer sicherlich am nächsten Morgen mit der Maschine aus Barcelona nachkommen würden, brachte sie noch mehr auf. In Spanien existierst du nur als Mann, war ihr seltsamer Kommentar, bevor sie in ein langes Schweigen verfiel.

Frank hatte für die erste Nacht ein Hotel in unmittelbarer Nähe des Flughafens gebucht. Die Suche danach zog sich allerdings hin, sie fuhren an etlichen anderen Hotels vorbei und zwischen ihnen lag der unausgesprochene Vorwurf Annes, warum er im Reisebüro eines reservieren und gleich bezahlen hatte müssen, wo es doch eine endlose Auswahl gab. Endlich fanden sie das Hotel, dessen Restaurant hatte bereits geschlossen, so dass sie hungrig und todmüde ins Bett fielen.

Am nächsten Morgen fuhren sie nach dem Frühstück erneut zum Flughafen, wo sie auf ihre Koffer hofften. Die Frau am Schalter wusste von nichts und konnte ihnen nicht weiterhelfen. Verärgert fuhren sie weiter nach Granada, wo sie vier Tage bleiben wollten. Das Hotel, der Tipp eines Musikerkollegen, lag etwas außerhalb von Granada, in Monachil, mit Blick auf die Sierra Nevada. Als sie in die Hofeinfahrt einbogen, standen dort etliche Handwerkerautos. An der Rezeption erfuhren sie, dass gerade umgebaut wurde, man ihnen aber das beste Zimmer geben würde, wo sie von dem unvermeidlichen Lärm so gut wie nichts ... der Rest des Satzes ging im ohrenbetäubenden Lärm eines Pressluftbohrers unter. Er sah Tränen in Annes Augen und nahm sie mit nach draußen.

„Wir können das Reisebüro in Deutschland anrufen und eine Umbuchung verlangen. Dann müssten wir aber auch der Fluglinie wegen den Koffern Bescheid geben. Lass uns doch erstmal das Zimmer anschauen."

Sie nickte kurz und sie gingen auf das Zimmer, das am hintersten Ende des Hotels gelegen war. Eine großzügige Suite mit zwei Bädern. Der an der Zimmertür angegebene Preis war dreimal so hoch als der, den sie bezahlt hatten. Sie schlossen die Tür und horchten. Die Geräusche waren erträglich und sie entschieden sich zu bleiben.

Der Mann an der Rezeption hatte inzwischen den Besitzer des Hotels geholt, der sie mit bedauernden Gesten bat, die Umstände zu entschuldigen. Als er nach den Koffern fragte, die man auf ihr Zimmer bringen würde, erklärte Frank ihm die Lage. Der Besitzer versprach Frank, sich persönlich um das fehlende Gepäck zu kümmern.

Sie fuhren nach Granada, um sich eine Ersatzgarnitur Kleidung zu kaufen. Während des Einkaufs sprachen sie kaum ein Wort und gingen schließlich etwas essen. Anne war verschlossen, er hoffte, dass das abendliche Eintreffen der Koffer ihre Laune etwas bessern würde. Den ganzen Nachmittag sahen sie sich das in der Hitze brütende Granada an. Auf den Straßen herrschte lebhafter Verkehr und die Straßencafés waren voll mit Touristen aller Nationen. Die Besichtigung der beeindruckenden Bauwerke lenkte sie ab und in der Kirche San Jeronimo überkam ihn angesichts des beeindruckenden Altaraufbaus eine Rückbesinnung auf das Wesentliche.

„Wenigstens bist du mir nicht abhandengekommen", flüsterte er Anne ins Ohr.

„Bist du dir da sicher?", antwortete sie.

„Willst du wegen den Koffern eine Ehekrise herbei reden?"
„Was hat das mit den Koffern zu tun?"
Sie stand auf und verließ die Kirche. Er kannte ihr impulsives Verhalten, wenn sie Krisengelüste verspürte, konnte niemand sie daran hindern. Sie wird sich eine halbe Stunde im Vorhof zurückziehen und irgendwann wieder neben ihm sitzen, dann konnte man halbwegs vernünftig mit ihr reden. Frank versank in der Atmosphäre der Kirche und bemerkte kaum, wie die Zeit verflog. Irgendwann stand er auf und ging hinaus, doch von Anne keine Spur. Er suchte das gesamte Areal um die Kirche ab, konnte sie jedoch nirgends entdecken. Er hatte zwar sein Handy dabei, doch ihres befand sich in dem fehlenden Koffer. Es begann bereits zu dunkeln, als ihm einfiel, dass sie wahrscheinlich beim Auto auf ihn wartete, doch auch dort war niemand. Er kannte Anne, sonst hätte er erwägen müssen, zur Polizei zu gehen, um ihr Verschwinden zu melden. Ganz ausgeschlossen hatte er diesen Schritt zwar noch nicht, doch er verbot sich zu fragen, was andalusische Menschenhändler mit einer vierzigjährigen Frau anfangen wollten, um nicht etwa auf plausible Antworten zu stoßen. Erstmal hieß es Ruhe bewahren. Anne legte solche Verhaltensweisen nicht zum ersten Mal an den Tag, wenngleich sie es noch nie im Ausland getan hatte. Er fuhr zurück ins Hotel.

Er ging in das Zimmer, schaltete die Klimaanlage ein und legte sich aufs Bett. Die Wut über die Unfähigkeit der Spanier, Gepäck zu befördern, wich mit jeder Viertelstunde einer größer werdenden Sorge um Anne. Er trat auf den Balkon hinaus. Die Nacht war hereingebrochen, das beleuchtete Granada lag einige Kilometer entfernt unter ihm, die Hitze des Tages wich einer angenehmen Abendkühle. Auf der Terrasse saßen Gäste des Hotelrestaurants, von den Umbauarbeiten war dort nichts zu sehen. Er bekam Hunger, doch er wollte nicht alleine essen, während sich Anne irgendwo vergrub oder doch in einer Notsituation befand. Er überprüfte sein Handy, kein verpasster Anruf, keine SMS, nichts.

Es klopfte an der Tür, er hoffte auf Anne und öffnete. Doch statt ihr stand der Hotelbesitzer vor ihm und teilte mit, dass seine Frau angerufen habe. Sie sei die Nacht über bei einer Freundin und kehre spätestens morgen Abend ins Hotel zurück. Er sah ihn mitfühlend an und überreichte ihm einen Zettel mit der Nummer, von der aus sie angerufen habe. Vom Telefondisplay abgelesen, fügte er augenzwinkernd hinzu. Frank bedankte sich bei ihm.

Eine Freundin in Granada? Das war nicht unmöglich, ihre Kontakte reichten weit. Er wählte die Nummer, doch es antwortete niemand. Verärgert ging er in das Restaurant auf der Terrasse, bestellte eine Flasche Rioja und betrank sich. Immerhin gab es keine Lösegeldforderung. Er konnte also beruhigt sein. War er aber nicht. Annes Familienflucht samt ihren schwankenden Gemütsverfassungen würde nie ein Ende nehmen. Jede Erschütterung schien ein neuerlicher Racheakt, dass er ihr die Karriere als Pianistin vermasselt hatte. Tausendmal hatten sie darüber gesprochen, diskutiert, gestritten - und waren keinen Schritt weiter gekommen. Ihm fiel ihre Antwort auf seine Bemerkung in der Kirche San Jeronimo wieder ein. Ja, inzwischen war er überzeugt davon, dass sie ihm abhandengekommen war. Dieser Urlaub würde in einer Trennung enden. Der Gedanke betrübte ihn vor allem Lisas wegen. Er schenkte Wein nach und sah ein Flugzeug über Granada, wohl der gleiche Flug, mit der sie am Abend zuvor angekommen waren, vielleicht transportierte sie ihre Koffer. Auf der Serviette notierte er sich, welche Dinge er sich morgen auf jeden Fall besorgen musste.

Im Bett wagte er erstmals den Gedanken, ob Anne gerade in den Armen eines Spaniers lag. Wenn es denn so sein sollte, dann bitte. Ihr brachliegendes Intimleben war Anlass genug. Dass der Aufenthalt im sommerlichen Andalusien die Flamme zwischen ihnen neu entfachen könnte, hatte sogar er als unwahrscheinlich eingeschätzt. Zu sehr waren Anne und er wie

Bruder und Schwester, ein perfektes Team zur Verrichtung eines Haushalts mit zwei Berufstätigen und einem Kind. Im Organisieren waren sie unschlagbar, am liebsten hätten sie auch einen wöchentlichen Beischlaf fest eingeplant, um dieses leidige Thema vom Tisch zu haben. Ihre gelegentlichen Versuche, nach einem schönen Abend miteinander zu schlafen, gab es viel zu selten.

Er schaltete die Klimaanlage ein und ärgerte sich über die Ungewissheit, in der ihn Anne ließ. Warum hatte sie ihn von der Wohnung ihrer angeblichen Freundin aus nicht selbst auf dem Handy angerufen? Was, wenn Lisa ihn nun anriefe und nach ihrer Mama fragte? Er müsste sie anlügen und sagen, alles sei in bester Ordnung.

Am nächsten Morgen, er war irgendwann frierend aufgewacht und hatte die Klimaanlage ausgeschaltet, war eine Nachricht auf seinem Handy.

Komm um 20 Uhr zum Casa Manuel de Falla.

Bis später, Anne

Typisch, kein Wort über ihr Verschwinden, kein Gedanke an mögliche Sorgen. Trotzdem schien es ihm nicht das schlechteste Zeichen.

Nach dem Frühstück fuhr er in die Innenstadt von Granada und kaufte einen Rasierapparat und einige Kleidungsstücke. Danach setzte er sich in ein Straßencafé und antwortete auf Annes Nachricht:

Darf man erfahren, ob meine Sorgen berechtigt sind?

Er schickte die SMS an die unbekannte Nummer und wartete. Tatsächlich kam nach wenigen Minuten eine Antwort:

Mir geht es gut. Bis später.

Er gab es auf. Annes Rückzüge hatten etwas manisches, besser er kümmerte sich nicht darum, sondern versuchte, möglichst viel von Granada zu sehen.

Am Abend traf er zum angekündigten Zeitpunkt am Casa Manuel de Falla ein, von Anne allerdings keine Spur. Irgendwann hörte er Klavierspiel und kurz darauf streckte Anne ihren Kopf zum Fenster hinaus.

„Warte, Alicija lässt dich rein."

Die Türe öffnete sich und eine Spanierin, die sich ihm in perfektem Deutsch als Alicija Rafon vorstellte, bat ihn herein. Sie gingen zu Anne. Sie begrüßte ihn und erklärte, dass sie Alicija bei einem Gastspiel ihres Orchesters in Madrid kennen gelernt habe, sie arbeite inzwischen im Kulturamt von Granada und habe ihr nun ermöglicht, de Fallas Haus außerhalb der Öffnungszeiten zu begutachten. Sie habe bei ihr übernachtet und am frühen Morgen seien sie losgezogen, um die Stadt zu erkunden.

Sie besichtigten das Haus und später lud Alicija sie zu sich nach Hause ein, wo er auch ihren Vater, Luis Rafon, kennen lernte. Dieser gab das perfekte Bild eines achtzigjährigen Patriarchen ab und bewohnte zusammen mit seiner Tochter den ersten Stock eines noblen Gebäudes nahe der Kathedrale. Alicija und Anne unterhielten sich lebhaft, Frank versuchte gar nicht erst mitzureden. Rafon saß abwesend in seinem Sessel, starrte an die Wand und schien an der Unterhaltung keinerlei Interesse zu haben, bis Alicija in die Hände klatschte und ihren Vater zurück in die Gegenwart holte.

„Vater, wir gehen noch weg, es kann spät werden."

Frank schluckte seinen Ärger. Anne hatte offensichtlich erneut andere Pläne für die Nacht, doch er wollte keinen Streit anfangen:

„Gut, dann fahre ich zurück ins Hotel. Wir warten sowieso auf unsere vermissten Koffer."

Er stand auf und gab Senior Rafon die Hand. Alicija versprach, Anne in spätestens zwei Stunden nachzubringen.

Von den Koffern gab es nicht Neues. Er holte sich im Restaurant eine Flasche Rioja, setzte sich damit auf den Balkon des Zimmers und schlief irgendwann ein, bis er von Annes Kommen erwachte. Sie stand schweigend neben ihm. In der Stille der Nacht überfiel sie eine beklemmende Zweisamkeit. Er fand, dass es Annes Sache sei, ihr Verschwinden anzusprechen, doch sie sprach stattdessen über den anregenden Abend. Im Bett gab sie ihm einen flüchtigen Kuss und drehte sich weg. Er lag noch lange wach und hörte ihr beim Schlafen zu.

Nach dem Frühstück wollte sie erneut in die Stadt. Er legte seine Hände auf ihre Schultern und fragte:

„Hast du mir nichts zu sagen?"

Sie sah ihn offen an.

„Was würde es bringen?"

„Zumindest Klarheit."

„Worüber?"

Sie wandte sich von ihm ab und lief im Zimmer auf und ab.

„Ob ich dich gestern betrogen habe? Ob ich irgendein Geheimnis vor dir habe? Ob unsere Ehe noch Hoffnung hat? Was willst du hören?"

„Die Wahrheit."

Ihr Tonfall wurde schärfer:

„Also gut. Es gibt keinen anderen Mann, aber es gibt einen inzwischen nicht mehr zu unterdrückenden Drang nach Lebendigkeit, Wärme und manchmal auch nach Leidenschaft. Das ist meine Wahrheit und sie macht mich ratlos."

Sie stellte sich ans andere Ende des Zimmers und sah ihn traurig an.

„Deshalb bin ich aus der Kirche verschwunden. Du warst mir so fremd und sagst plötzlich, dass wir uns nicht abhandengekommen seien."

„Muss man deswegen wegrennen?"

„Ja, ich weiß, du hättest vernünftig reagiert und endlos darüber geredet, doch das hat alles keinen Sinn, keine Zukunft, gar nichts mehr."

„Anne, wir haben noch zehn Tage vor uns, wie soll das gehen?"

„Es geht nicht."

In diesem Augenblick klopfte es. Frank öffnete und der Hotelbesitzer persönlich rollte ihre Koffer ins Zimmer. Keiner verspürte Lust, sie zu öffnen.

Am nächsten Morgen beschlossen sie, den Urlaub getrennt zu verbringen. Anne rief bei Alicija an und fragte, ob sie einige Tage bei ihr wohnen dürfe. Er brachte sie dorthin.

Als sie das Haus betraten, kam ihnen Alicija entgegen und entschuldigte sich, sie habe gerade eine junge Musikerin bei sich. Sie gingen ins Wohnzimmer, wo Juliette Jouard saß. Frank war überrascht, sie hier zu sehen, ihr Kennenlernen beim Instrumentenhändler Steingold in Wien, wo sie ihm ihre Handynummer zugesteckt hatte, war gerade mal drei Monate her. Der Zettel steckte noch in seiner Geldbörse, doch zurück gerufen hatte er nie. Es stellte sich heraus, dass Alicija ihr ein Praktikum im *Orquesta Ciudad de Granada* vermittelt hatte, wo sie für zwei Monate spielte. Anne sah ihn skeptisch an und er bemerkte nicht ohne Genugtuung ihr Missfallen, dass er diese junge Frau kannte. Da Anne und Alicija etwas unternehmen wollten, fragten sie Juliette, ob sie mitgehen wolle. Doch Juliette verneinte, sie müsse üben und sei nur gekommen, um Alicija etwas vorbeizubringen.

Nachdem Juliette gegangen war, verabschiedete sich Anne von ihm, um den Urlaub ohne ihn zu verbringen. Nach zwanzig Jahren Ehe eine seltsame Situation, die sie aber gefasst hinter sich brachten.

Er machte sich alleine auf den Weg ins Hotel, als plötzlich Juliette vor ihm stand:

„Diesmal entkommen Sie mir nicht. Bitte!"

„Vielleicht will ich Ihnen ja gar nicht entkommen."

„Umso besser, laden Sie mich auf einen Café ein?"

Sie gingen in das nächste Straßencafé, wo er bestellte und ihr anbot, sich zu duzen.

Sie strahlte ihn an und erzählte, dass ihre Familie Senior Rafon gut kenne und sie schon oft hier war.

„Und dann dieser Zufall dich zu treffen. Zuerst Wien, dann hier."

„Willst du später im Orchester arbeiten?", fragte er sie.

„Ja, das wäre mein Traum."

„Man muss es sich gut überlegen, ob man sich ein Leben lang von irgendwelchen schlechten Dirigenten vorschreiben lassen will, wie man zu spielen hat. Das kann sehr frustrieren."

„Kann sein, aber weiß man das schon vorher?"

Er erzählte ihr von einem ehemaligen Cellisten, der mit fünfundvierzig Jahren seine Stelle gekündigt habe und nach Kreta ausgewandert sei, um dort mit seiner griechischen Frau eine Taverne zu eröffnen. Er habe im Orchester gelitten und war die letzten Jahre immer schlechter gelaunt zum Dienst erschienen, manchmal sogar betrunken, sie seien in echter Sorge um ihn gewesen.

„Als ich ihn vor einiger Zeit besucht habe, wirkte er zehn Jahre jünger. Die Taverne läuft, er hat sein Cello für gutes Geld verkauft und sich damit in die Lage versetzt, das Haus mit der Taverne, wo sie auch wohnten, zu kaufen. Seither hat er kein Musikinstrument mehr angerührt, so sehr ist ihm die Arbeit verhasst gewesen."

„Ich will aber nicht in einer Taverne arbeiten müssen wollen", lachte Juliette.

„Dann halt in einer Tapas-Bar."

„Überredet. Zeigst du mir eine passende?"

Sie verabredeten sich für den Abend. Nachdem Anne ihm die letzten Tage derart verdorben hatte, fand er sich plötzlich in ungewohnter Freiheit wieder. Sie trafen sich in einer von seinem Hotelbesitzer empfohlenen Tapas-Bar, wo er viel zu viel Rioja trank, bis sie in ihrem Hotelzimmer landeten.

Am Morgen erwachte er mit einem schweren Kopf. Juliette war bereits frisch geduscht und lächelte ihn an.

„Bist du wach?"
Er verneinte.
Sie ging zum Telefon, bestellte das Frühstück aufs Zimmer und gab sich völlig natürlich. Danach musste sie zur Orchesterprobe, während er in sein Hotel fuhr. Ihm schwirrte der Kopf - wie hatte er sich nur auf diese Nacht einlassen können? Als hätte er keine anderen Probleme. Außerdem war Juliette erst vierundzwanzig, er war zwanzig Jahre älter als sie, tauchten da etwa Anzeichen einer Alterskrise in ihm auf? Doch der viele Wein, dazu Juliettes ausgelassene Stimmung und der Umstand, dass sie ausgerechnet am Genfer See lebte, war zu viel. Käme sie wenigstens aus dem Berner Oberland, dem Wallis oder aus Südtirol, aber nein, aus Evian musste sie sein, obendrein wild entschlossen, ihn zu verführen. Er entschied sich, es bei dem einen Mal zu belassen, in der Hoffnung, dass sie ähnlich darüber dachte.

Er blieb noch einen Tag in Granada, traf sich abends wieder mit Juliette und trank weniger. Sie liefen durch die alten, noch immer von der Tageshitze aufgeheizten Gassen von Albacin, bis zum Plaza Mirador de San Nicolás, wo der Ausblick auf die beleuchtete Alhambra eine seltsame Sehnsucht nach Anne in ihm weckte. Schließlich war sie es, mit der er sein halbes Leben lang solche Erlebnisse geteilt hatte. In diese Stimmung versunken, schien ihm eine Trennung undenkbar. Doch der Ort, dies zu entscheiden, war aber wohl besser der Alltag zu Hause, nicht hier. Er sah zu Juliette, die fasziniert die maurische Festung bewunderte. Ihr Profil ließ sie älter wirken, vielleicht wünschte er sich das aber nur. Eigentlich wollte er allein sein und alles in Ruhe überdenken. Doch er hatte ja mit Juliette schlafen und sich damit seiner neuen Unabhängigkeit berauben müssen. Nun konnte er nicht einfach gehen und sie hier sitzen lassen.
„Trennt ihr euch?", fragte Juliette und riss ihn aus seinen Gedanken, von denen sie besser nichts erfuhr.

„Gut möglich."

„Und welche Rolle spiele ich dabei?"

Sie begaben sich auf heikles Terrain, er schwieg lieber. Sie wandte sich ihm zu.

„Keine Sorge, ich will dich weder heiraten noch ein Kind von dir. Ich will nur, dass du mich nicht schlecht behandelst."

Er nahm sie in die Arme:

„Eine ungewohnte Bitte."

„Was glaubst du, warum ich ständig Praktika in irgendwelchen Orchestern mache? Um nicht in Evian sein zu müssen. Mein Vater bezahlt mir alles, was mit Musik zu tun hat, will mich dafür aber vollständig kontrollieren. Einmal habe ich ein Praktikum in Amsterdam zwei Wochen früher abgebrochen, weil ich am Ende war. Ich wollte nur noch allein sein, schloss mich im Hotelzimmer ein und schaltete mein Handy ab. Bereits am dritten Tag klingelte das Zimmertelefon. Dann wurde ein Fax unter der Tür durchgeschoben. Er schrieb, dass ich mich sofort zu melden habe, was ich aber nicht tat. Tags darauf klopfte es eine halbe Stunde lang, bis ich öffnete. Da stand Maxim draußen, damals ein Mitarbeiter meines Vaters, sozusagen sein Mann fürs Grobe. Er war zwar höflich, sagte aber, dass ich drei Stunden Zeit hätte, dann ginge der Flug. Ansonsten hätte ich ein Problem. Ich antwortete, dass ich das bereits hätte, nämlich meinen Vater. Er erwiderte, dass das neu hinzukommende Problem eine andere Qualität hätte. Wenn ich nicht mitginge, müsste ich das Hotel selbst bezahlen. Ich schrie ihn an, dass mir das gleichgültig wäre. Er meinte mit gespieltem Bedauern, dass alle meine Karten innerhalb von wenigen Minuten gesperrt seien, da sie auf meinen Vater liefen. Da gab ich auf, packte meine Sachen und flog mit nach Genf, wo er am Flughafen wartete. Als er mich sah, spürte ich seine Wut, gleichzeitig spielte er den Besorgten und nahm mich in die Arme. Erst zu Hause packte er mich grob an den Schultern und brüllte, dass ich mir solche Unverschämtheiten nie wieder herausnehmen solle, sonst sei es vorbei mit seiner Unterstützung und die Geige sei schneller verkauft als ich sie stimmen könne. Diese Drohung ließ mich erstaunlicherweise nicht verzweifeln, sondern eher erwachen. Ich begann zu ahnen, dass nicht ich ihn, sondern er mich brauchte. Nachts verließ ich das Haus und verschwand für zwei Monate bei einem Bekannten in Frankfurt. Er hieß Achim und war ein netter Typ, wenn auch etwas oberflächlich. Aber seine Wohnung war groß, er sah gut aus und hatte über seine reichen Eltern lukrative Auftrittsmöglichkeiten als Jazzpianist bei allen möglichen Veranstaltungen, auch im Bankensektor. Ich machte ihm den Haushalt, schlief gelegentlich mit ihm und konnte dafür umsonst bei ihm wohnen und essen. Wenn er seine Engagements spielte, saß ich stundenlang bei ihm und las seine Bücher. In dieser Zeit meinte ich, ohne Musik leben zu können. Ich begann in einer Bar zu bedienen und verdiente erstmals eigenes Geld, bis Achim eines Abends nach Hause kam und meinte, er habe ein Engagement bei einem Vorstandsvorsitzenden und bräuchte eine Geigerin. Man hatte ihn gefragt, ob er Beethovens Frühlingssonate zum sechzigsten Geburtstag jenes Mannes spielen könne, und bräuchte dazu natürlich eine Geige. Er habe seine Eltern angerufen, die genügend Leute mit guten Instrumenten kannten. In diesen Kreisen besitze man diese steinalten Dinger oft als Kapitalanlage und bei der zweiten Adresse sei er erfolgreich gewesen. Grinsend stand er auf, ging in den Gang und kehrte mit einem Geigenkoffer zurück. Es war ein ordentliches Instrument, aber natürlich kein Vergleich zu meiner eigenen Geige. Wir probten zwei Wochen lang jeden Abend und spielten dann in einer alten Villa in Frankfurt vor der Art von reichen Menschen, wie ich sie alle von der Arbeit meines Vaters her kannte, was sich in einem Fall leider als zutreffend herausstellte. Zwei Tage später klopfte es an Achims Wohnungstür und wer stand da? Maxim. Irgendwann hatte ich es sowieso erwartet, dachte aber, dass er mir mit nichts drohen könne, da ich unabhängig von Vater geworden war. Doch leider hat mich die Frühlingssonate zurück zur Musik gebracht, ich wusste, dass ich ohne sie nicht leben wollte. Also tauchte schon wieder die Abhängigkeit von Vater auf. Maxim bot mir an, mitzukommen, mein Vater würde mir die Geige endgültig überlassen, wenn ich wieder nach Hause käme. Ich ging mit und bekam wortlos die Geige von ihm ausgehändigt. Etwas an ihm war anders. Meine Mutter, mit der ich selten redete, kam in mein Zimmer und meinte, Vater hätte unter meiner Abwesenheit gelitten. Dann wurde sie still und fragte mich schließlich leichenblass, ob er mich jemals belästigt habe. Da erst wurde mir klar, welche Last all die Jahre auf ihr lag, welche Taten sie ihrem eigenen Mann zutraute und wie einsam sie eigentlich war, da sie mit niemandem ihren ungeheuerlichen Verdacht teilen konnte. Ich nahm sie in die Arme und sagte, sie brauche sich keine Sorgen zu machen, soweit sei er nie gegangen. Sie drückte mich einen kurzen Augenblick, verließ dann das Zimmer und kam nie wieder darauf zu sprechen. Die nächsten Tage bemerkte ich, wie sich meine Eltern stritten, wie mein Vater nervöser wurde und meine Mutter ihm zusetzte."

Juliette saß wie versteinert, ihr Blick war während ihres gesamten Monologs nicht von der mit dem Einbruch der Dunkelheit immer geheimnisvoller wirkenden Alhambra gewichen. Er schwieg und versuchte den vagen Eindruck, den er von ihrem Vater hatte, mit dem Gesagten in Einklang zu bringen.

Sie saßen noch lange schweigend da, bis sie ihn schließlich bat, sie ins Hotel zu bringen, wo sie sich vor ihrer Zimmertür verabschiedeten.

Am nächsten Tag fuhr er von Granada aus mit dem Mietwagen zu der Hotelanlage an der Costa de Sol, verbrachte die Tage allein mit etlichen Flaschen Wein und frönte den Erinnerungen an die sorglose Zeit als junges Klaviertrio am Pool. Gelegentlich rief Juliette an, doch sie schien zu akzeptieren, dass er Ruhe brauchte.

Vor der Rückreise traf er sich nochmals mit ihr in Granada, sie fand einen für ihr Alter beachtlich selbstsicheren Umgang mit der unklaren Situation und nur gelegentlich schimmerte etwas Verliebtheit in ihren dunklen Augen durch. Sie schliefen kein zweites Mal miteinander.

Schließlich sah er Anne am Flughafen wieder. Zurück in Deutschland schafften sie es Lisas wegen nicht, sich sofort zu trennen. Ihr missglückter Urlaub blieb unausgesprochen, da es ihr instabiles Gefüge zum Einsturz gebracht hätte. Schließlich setzte der Liebesgruß von Juliette in Form einer Postkarte aus Granada, deren Text keinen Zweifel zuließ, den Schlusspunkt. Der als Eherettungsversuch gedachte Andalusienurlaub stellte sich letztlich als Entscheidung heraus.

Nun, zwei Jahre später, war das Verhältnis zu Anne entspannter. Mit Juliette war er in lockerem Kontakt geblieben, sie spielte einmal als Aushilfe in seinem Orchester und schaffte es dabei erneut, mit ihm die Nacht zu verbringen. Dann herrschte eine längere Pause, bis diesen Sommer ihr Anruf kam, ob er sie auf das Probespiel in Giamottis Orchester vorbereiten könne. Jenem Orchester, mit dem er gestern Abend das riskante Konzert in Montreux erfolgreich überstanden hatte. Nach den hochkonzentrierten zwei Stunden auf der Bühne genoss er den späten Sommerabend mit Juliette. Das Konzert hatte ihr gefallen und sie hoffte mehr denn je auf die Stelle im Orchester. Der Spaziergang an der Uferpromenade von Montreux endete im einzigen Restaurant, das zu dieser späten Uhrzeit noch geöffnet hatte. Als sie ihm in ihrem roten Sommerkleid, dessen Ausschnitt ihm heute noch tiefer vorkam, am Tisch gegenüber saß und die Speisekarte studierte, erhoffte er sich einen Überfall auf das Restaurant, am besten mit ihm als Geisel oder sonst etwas in der Art, denn nur so würde es ihm gelingen, die Nacht nicht mit ihr zu verbringen. In diesem Augenblick sah sie von der Karte auf und schenkte ihm ihr anmutiges Lächeln. Er fügte sich in sein Schicksal.

Und nun lag er dort in seinem Bett und wie damals in Granada waren beide, Anne und Juliette, in seiner Nähe. Juliettes früher Aufbruch nach Evian war über zwei Stunden her, doch ihr Duft schwebte noch immer im Raum.

***

Der amerikanische Thriller hatte Anne wirre Träume beschert, die schlechte Laune vom Vorabend wegen der Freikarte für diese Französin schien jedoch ebenso überstanden wie das Orchesterchaos, für dessen perfekte Organisation sie auf der Rückfahrt von Montreux nach Lausanne viel Lob erhalten hatte. Sie mochte ihre Arbeit, abgesehen von den Phasen, in denen Giamotti dirigierte. Er war ihr zutiefst unsympathisch, zugleich aber der Chefdirigent mit Sonderrechten. Im Gegensatz zu den wechselnden Gastdirigenten, die sich in der kurzen Zeit ihrer Anwesenheit zu arrangieren hatten, provozierte Giamotti kraft seiner Befugnisse ständig Ärger.

Bereits bei ihrer Einstellung vor drei Jahren stellte sie fest, dass die Arbeitsatmosphäre im Orchestermanagement auffallend schlecht war und der Grund in der Person des kurz zuvor als Chefdirigent berufenen Maestro Giamotti lag. Sein Misstrauen in die Arbeit des Managements war ähnlich stark ausgeprägt wie sein künstlerisches Selbstbewusstsein. Jedoch repräsentierte er mit seinem exzellenten Ruf die Kultur der Landeshauptstadt in hervorragender Art und Weise und pflegte bereits nach kurzer Zeit enge Verbindungen zu den Honorationen und Entscheidungsträgern. Anne bekam in den ersten Wochen hautnah mit, wie man ihren direkten Vorgesetzten loswerden wollte, da er sich im Vorfeld der Berufung offen gegen Giamotti ausgesprochen und dieser nachträglich davon erfahren hatte. Nach Unterzeichnung eines hart ausgehandelten Aufhebungsvertrags trat ein enger Freund Giamottis, ein Italiener namens Torrino, den Posten an. Anne musste sich mit ihm arrangieren, was sich als einfach erwies, da Torrino viel auf Reisen war, seine Arbeit allerdings an ihr hängen blieb. Nach drei strapaziösen Monaten deutete Anne dem Maestro gegenüber an, dass sie Torrino nicht dauerhaft vertreten könne, woraufhin Giamotti ihr Unfähigkeit vorwarf und beim Intendanten auf ihre Kündigung drängte. Dieser, mittlerweile ernüchtert über Giamotti und erbost über Torrinos undurchsichtige Reisetätigkeit, wagte nach Rücksprache mit der Orchesterdirektion Widerspruch, woraufhin Giamotti damit drohte, seine Position zu kündigen. Da diese noch nie wahr gemachte Drohung des Maestros in Fachkreisen hinlänglich bekannt war, blieben sowohl der Intendant, die Direktion und der Orchestervorstand hart und beruhigten den städtischen Kultursenat, der einen Eklat fürchtete. Anne nutzte dies wenig, da sie weiterhin doppeltes Arbeitspensum leisten und zudem wichtige Entscheidungen außerhalb ihres Kompetenzbereichs fällen musste. Alles schien so weiter zu laufen, bis Torrino einen auf den ersten Blick harmlosen, für Giamotti aber unverzeihlichen Fehler machte: Torrino schlief mit Sarah, einer Musikerin des Orchesters, mit der auch Giamotti ein Verhältnis hatte und davon erfuhr. Kurz darauf stand dieser wieder im Büro des Intendanten und drängte auf Torrinos fristlose Entlassung. Es folgte eine Krisensitzung aller beteiligten Gremien, in der festgestellt wurde, dass Giamottis Führungsstil nicht mit deutschem Arbeitsrecht zu vereinbaren war. Giamotti, aus seiner Heimat an einen lockeren Umgang mit Gesetzen gewöhnt, tobte. Sein lauthals verkündeter Entschluss, mit Torrino fortan weder persönlich noch schriftlich zu verkehren, verschärfte die Situation weiter. Das von Giamotti geforderte und unverzüglich erlassene Reiseverbot für Torrino hatte zur Folge, dass dieser übelgelaunt an seinem Schreibtisch saß und Anne schikanierte, die nun ihrerseits mit Kündigung drohte. Der Orchestervorstand wiederum befürchtete, dass Annes Weggang und Torrinos faktische Entmachtung ein organisatorisches Chaos nach sich ziehen würde und schrieb daher einen von allen Musikern unterzeichneten Brief an die Verantwortlichen sowie an Giamotti, worin sie forderten, wieder personelle Kontinuität in das Management zu bringen, da ein Orchester von Weltrang sich so etwas nicht leisten könne und außerdem die anstehenden Tourneen in Nordamerika und Asien im Organisationschaos zu versinken drohten. Anne sei unerlässlich und arbeite zur vollsten Zufriedenheit des Orchesters. Der Intendant schrieb zurück, dass Maestro Giamotti unter Androhung der Aufgabe seines Chefpostens mit keinen von beiden zur Zusammenarbeit bereit sei. Anne rief daraufhin ihren ehemaligen Vorgesetzten an und berichtete ihm von der Situation. Dieser riet zu einem Gespräch mit Sarah, der von beiden begehrten Musikerin. Jene solle entweder Torrino oder Giamotti offiziell der sexuellen Nötigung bezichtigen, berechtigt seien die Vorwürfe in beiden Fällen, wie er von ihr wisse.

Anne weihte den Orchestervorstand ein und eine Woche später unterzeichnete Torrino einen Aufhebungsvertrag. Über die Höhe der Abfindung wurde Stillschweigen vereinbart und Anne stieg in dessen Position auf. Sarah erhielt den von ihr geforderten zweimonatigen bezahlten Sonderurlaub, Giamotti verlor nie wieder ein Wort über die Angelegenheit und Anne war stolz darauf, ihrer Mutter gegenüber kein Wort über diese Krise verloren zu haben, denn deren sofortiger Einmarsch bei Giamotti wäre einer Katastrophe gleichgekommen. So konnte sie ihr verkünden, dass sie beruflich aufgestiegen sei, was ihre Mutter wie üblich mit einem beiläufigen Lob quittierte.

Nachdem Lisa aufgewacht war, gingen sie in den Frühstücksraum des Lausanner Hotels. Auf der späteren Fahrt nach Bern saß Lisa bei ihrem Vater im Bus. Dank ihrer Gegenwart erlebte Frank die Stadt Bern völlig neu. Sie vergnügten sich den freien Nachmittag bis zur Anspielprobe damit, in allen Boutiquen der Stadt vernünftig geschnittene Hosen für sie zu suchen, von denen sie schließlich zwei akzeptierte. Die zahlreichen anderen Hosen hatte sie mit Entsetzen im Spiegel betrachtet und als Seniorenmode für Dreißigjährige bezeichnet. Das Verkaufspersonal hatte viel Spaß mit ihr.

Die weiteren Konzerte verliefen ohne besondere Vorkommnisse. Vereinzelt kehrten genesene Musiker der Stammbesetzung zurück und Giamotti zeigte keine neuen Ausfälle, so dass Anne Signora Giamotti nicht mehr bemühen musste. Mit

Frank hatte sie während der Tournee kaum Kontakt. Er schien sie zu meiden, was ihr einerseits recht war, sie aber gleichzeitig verstimmte. Darüber intensiver nachzudenken verbot sie sich. Wenigstens schien Lisa ihren Spaß mit ihm zu haben.

Bronkönig und Giamotti gingen sich soweit wie möglich aus dem Weg. Anne sah den Pianisten einmal vergnügt mit Chiara Giamotti in einem Hotelpark sitzen. Vielleicht war sie der Grund für deren Zerwürfnis. Ihr konnte es gleichgültig sein, so lange die beiden sich bis zum Abschluss der Tournee nicht an irgendeinem Waldrand duellierten und sie für Ersatz sorgen musste.

Nach dem Konzert in Luzern flogen sie nach Florenz, wo am Tag darauf das Abschlusskonzert stattfand. Bei der Anspielprobe lud Giamotti sie alle nochmals zu seinem Gartenfest am folgenden Abend in seinem Anwesen bei Fiesole ein.

Dem Konzert in Florenz fehlte es deutlich an Schwung, was auch an dem trotz unvollständiger Genesung zurückgekehrten Pauker Horst Klever lag, der an dem Tag mit seinen Einsätzen immer etwas nachhing. Selbst Giamotti wirkte müde, obwohl es ein Heimspiel für ihn war, bei dem er sich üblicherweise von seiner besten Seite zeigte. Bronkönig hörte die Schwächen und versuchte mit seinem Spiel vergeblich zu retten, was zu retten war. Deutlich verstimmt verweigerte er sowohl eine Zugabe als auch ein gemeinsames Verbeugen mit Giamotti und reiste noch am gleichen Abend ab.

Am nächsten Vormittag sollten die Musiker um elf Uhr vom Hotel zu Giamottis Anwesen gebracht und drei Stunden später zum Flughafen gefahren werden, um nach Deutschland zurückzufliegen. Anne hatte diesen Zeitplan minutiös mit Giamotti abstimmen müssen, da er das Orchester nicht zu lange bei sich haben wollte. Einige der Musiker legten keinen Wert darauf, ihre Freizeit mit Kollegen zu verbringen und flogen früher nach Hause. Anne hatte Giamotti gefragt, ob Lisa mit auf das Fest kommen dürfe, er nickte nur abwesend und murmelte etwas, was sie als „je mehr Frauen umso besser" verstand. Sie hatte nichts anderes von ihrem Chef erwartet, Lisa hingegen war neugierig, wie so ein berühmter Mann lebte. Eine halbe Stunde vor der Busabfahrt hörte man auf dem Platz vor dem Hotel Musik. Einer der Trompeter hatte ein Medley aus Opernkompositionen für seine Bläserkollegen arrangiert, was sie nun erneut übten, damit die verbliebenen Aushilfen sich damit vertraut machen konnten. Später wollten sie es dem Maestro als Dank für die Einladung spielen.

Auf der Straße hoch nach Fiesole bogen die Busse auf halber Strecke in die Zufahrt zu Giamottis Anwesen und kamen die zypressengesäumte Allee nur im Schritttempo vorwärts, da der Weg steinig und schmal war. In einer engen Kurve mussten beide Busse mehrmals rangieren, um den Parkplatz des Anwesens zu erreichen. In einem von Steinmauern eingefassten Hof mit Brunnen und einer verwitterten Bacchus-Statue empfing der Maestro die Musiker mit Panamahut, kurzen Hosen und Hawaihemd sowie bester Laune. Neben ihm stand seine Frau Chiara, die sich während der Tournee im Hintergrund gehalten hatte und nun die Herzlichkeit in Person war. Sie empfing wie ihr Gatte jeden einzelnen mit Begrüßungskuss und einem Glas Prosecco. Danach gab Giamotti einen geschichtlichen Abriss über sein Anwesen aus dem fünfzehnten Jahrhundert, welches früher einem widerspenstigen Kaufmann gehörte, der an einer gescheiterten Verschwörung gegen die Medici beteiligt war. Danach wechselten die Besitzer mehrmals und nahmen im Laufe der Jahrhunderte zahlreiche bauliche Änderungen vor, bis seine Vorfahren das Anwesen vor hundert Jahren erwarben. Als einzig verbliebener Nachfahre sei ihm dessen Bewahrung Ehre und Last zugleich.

„Aber genug geredet. Betreten Sie diesen wunderbaren Boden, Sie haben freien Zutritt, Schlafgemächer und Weinkeller ausgenommen."

Mit höflichem Gelächter ging es durch einen mit Fresken bestückten Torbogen, der den Blick auf das großzügige Anwesen freigab. Der zum Tal hin leicht abschüssige Park mit seinen von Felsmauern gestützten Terrassierungen wurde von Pinien und Zypressen eingegrenzt, darin zurechtgestutzte Hecken und Büsche in kunstvollen Formen, Wasserspiele, Bänke und etliche verwitterte Skulpturen. Zum Hang hin thronte die ockerfarbene Villa, deren flaches Dach mit auffallend dunklen Ziegeln bedeckt war. An der Talseite der Villa stand eine mit Rundbogen und Säulen umgebene Loggia, von der aus man die Silhouette von Florenz sehen konnte.

Die Musiker verstreuten sich über das gesamte Anwesen. Der Wind machte die Augusthitze erträglicher, vereinzelte Böen rüttelten an den aufgestellten Pavillons, in deren Schatten das nun mit einem Gong eröffnete Büffet sowie die Bar aufgebaut waren. Es gab mehrere Sitzgruppen und über den Park verstreut Steinbänke oder Mauern, wohin die Gäste sich zwanglos verteilten. Giamotti lief von Gruppe zu Gruppe und gab den charmanten Gastgeber, was bei den weiblichen Orchestermitgliedern gut ankam, ausgenommen Anne, die er aber sowieso ignorierte. Lisa fotografierte jedes Detail mit Begeisterung. Anne lief in einer plötzlichen Anwandlung von Vertrautheit zu Frank und machte ihn auf jene Frauen aufmerksam, welche Giamotti zwar meist nicht mochten, seinem Charme aber nun widerstandslos erlagen. Was Giamotti sich mit seinen Maestrohänden bei den weiblichen Gästen erlaubte, fand Anne unfassbar, Frank hingegen kannte die Freizügigkeiten solcher Berühmtheiten auch von seinem Orchester. Giamottis unbestreitbarer Glanz sowie die Auswirkungen des üppig nachgeschenkten Proseccos ließen ihn zum Gebieter eines Harems werden.

Die Dankesrede des Orchestervorstands geriet in dieser Ausgelassenheit, obwohl von Harry Brunner vorgetragen, zu einer förmlichen Angelegenheit. Das Geschenk für den Maestro, ein mit seinen bevorzugten Dynamikanweisungen bedrucktes T-Shirt, mit dem er sich künftig die Proben erleichtern könne, nahm dieser mit routiniertem Lächeln entgegen, um sich danach wieder einer Gruppe von Streicherinnen zuzuwenden, denen er eine amüsante Begebenheit zu Ende erzählen wollte. Die Pointe kam gut an, Giamottis Hände hatten freie Auswahl und nahezu unbegrenzten Zugang. Anne fragte sich, ob Chiara Giamotti dem Gefummel ihres Mannes tatsächlich keinerlei Beachtung schenkte oder sich nur nichts anmerken ließ, während sie sich mit ihrer freundlich gelassenen Art um seine Gäste kümmerte.

Es wurde nun darum gebeten, sich in dem kleinen Amphitheater einzufinden, da die Bläsergruppe ihre Stücke für den Gastgeber vortragen wollte. Die Notenblätter wurden windsicher mit Wäscheklammern an den Pulten befestigt. Sie begannen mit einer Ouvertüre von Verdi und Marlene, die Flötistin, bot hierbei in ihrem dünnen Seidenkleid eine anmutige Szene. Zur Freude nicht nur des Maestros rutschte - streng der Schwerkraft gehorchend - der Spagettiträger ihrer linken Schulter Stück für Stück nach unten, was an sich noch nicht erwähnenswert gewesen wäre, setzten nicht gleichzeitig Windböen ein und legten dank dem weit ausgeschnittenen Schlitz im Kleid ihr rechtes Bein frei, das nun makellos weiß wie eine Marmorskulptur von Bernini alle Blicke auf sich zog. Ihr selber entging dies, da ihr rhythmisch vertrackter Part unablässigen Blickkontakt zum Notenblatt forderte. Als sie eine kurze Solostelle mit chromatisch fallenden Septolen spielte und gleichzeitig ein Fortissimo-Windstoß ihre rote Unterwäsche zum Vorschein brachte, setzte begeisterter Applaus unter den männlichen Gästen ein, wobei Giamotti eine Bemerkung herausrutschte, die im allgemeinen Jubel zwar unterging, der neben ihm sitzenden Chiara jedoch das Lächeln im Gesicht gefrieren ließ. Nach dem Medley packten die Bläser ihre Instrumente ein, nur Marlene, die Flötistin, stand mit errötetem Gesicht bei einer Kollegin, die sie über die Hintergründe der Begeisterungsstürme aufklärte. Ein Gongschlag rief zur zweiten Runde am Büffet, wo von den attraktiven Kellnerinnen die Nachspeisen serviert wurden. Später gab es dann die Gelegenheit zu einer Hausführung. Dies übernahm Giamotti höchstpersönlich und zu Franks Erstaunen zeigte er sich als souveräner Kenner der florentinischen Kunstgeschichte. Kein Bild, kein Möbelstück, kein Stoffmuster, welches zufällig dort stand oder hing. Plötzlich kam ein anderer Giamotti zum Vorschein, er konnte über sich lachen und ließ sich letztlich zu dem Satz hinreißen, dass ihm bei der Einrichtung des Hauses niemand reingeredet habe - die Parkgestaltung hingegen sei immer Frauensache gewesen - und er daher in der hoffnungsschweren Illusion schwebe, damit eine Perfektion erreicht zu haben, die er in der Musik nie erreichen werde, da kein Orchester der Welt so gefügig zu machen sei wie diese Räume. Eigentlich sehe er sich als Innenarchitekt. ‚Für vaginale Räume' hörte Anne einen Kollegen hinter sich flüstern und musste lächeln. Nun führte Giamotti sie durch einen mit Weinreben bewachsenen und von Steinsäulen gestützten Laubengang in die Orangerie, welche ihre ursprüngliche Bezeichnung *Limonaia* über die Jahrhunderte verloren habe und die er zu einer Gemäldegalerie hatte umbauen lassen. Die Parkgewächse überwinterten seither in der ungenutzten Orangerie seines Nachbarn, einem Modeschöpfer, der sie ihm zu einem Spottpreis vermietet habe. Sie betraten die Orangerie, in der Frank die moderne Beleuchtungstechnik genauso ins Auge fiel wie deren Eignung als Galerie. Es musste zahlreiche Umbauarbeiten im Dachbereich gegeben haben, um den Lichteinfall zu optimieren. Giamottis Redefluss war nun kaum mehr zu bändigen, vor jedem Gemälde gab er ausführliche Kommentare ab, die Zahl der Zuhörer nahm dabei stetig ab. Frank blieb fasziniert vor einem

Gemälde stehen. Es zeigte ein kleines Städtchen an einer Bucht irgendwo am Mittelmeer, die Formenvielfalt der Ziegeldächer ebenso wie die Weite des Meeres, das in einer seltsamen Farbschattierung in den Himmel überging, perspektivisch auf den ersten Blick ungereimt, dann aber doch ein ausgewogenes Ganzes. Im Vordergrund ragten mehrere Palmen schräg in das Bild, als würde es dessen Schwerpunkt aus dem Rahmen schieben wollen. Er kannte das Gemälde und war versucht, am Rahmen, der ihm ebenfalls vertraut vorkam, zu riechen. Er neigte sich unwillkürlich nach vorne und fuhr mit seiner Nase nahe am Rahmen entlang während er dabei tief einatmete. Der kaum wahrnehmbare Eigengeruch brachte eine Erinnerung hervor, vage, aber zeitlich klar: Seine Kindheit.

Giamottis Stimme holte ihn aus der Versunkenheit zurück.

„Gefällt Ihnen das Bild?"

„Ja sehr, es erinnert mich an etwas, was ich noch nicht zuordnen kann. Darf ich es genauer betrachten?", fragte Frank.

„Natürlich. Es ist der Grundstein meiner Sammlung, ein Mahier aus seinem Meereszyklus mit dem Titel *Die Bucht von Cassis*. Durch Mahiers Wiederentdeckung in den Neunzigern hat es eine erstaunliche Wertsteigerung erfahren und ist inzwischen wohl mindestens so viel wert wie das Sicherheitskonzept meiner Orangerie. Die Halsabschneider von der Versicherung knebeln mich mit ruinösen Vertragsbedingungen. Aber ich will nicht lamentieren, schauen Sie so lange Sie möchten, aber versäumen Sie nicht die Busabfahrt."

Mit diesen Worten verließ Giamotti mit den verbliebenen Teilnehmern seiner Hausführung die Orangerie und Frank stand alleine vor dem Gemälde. Inzwischen war er sich sicher, dass dieses Gemälde bei seinen Eltern gehangen hatte, als er noch ein Kind war. Gewissheit gab ihm vor allem der außergewöhnliche Rahmen und dessen extravagant geschnitzte Formenvielfalt, in denen man die im Bild dargestellten Palmen zu erkennen meinte. Diese Details hatte er als Kind oft gedankenverloren betrachtet.

Frank machte mehrere Fotos mit seinem Handy. In der Stille der Orangerie betrachtete er nun die anderen Gemälde und kehrte danach zu dem Mahier zurück. Eine Erinnerung war wach geworden. Als Kind hatte ihn dieser Bilderrahmen fasziniert, denn, wenn er davor stand, reichte sein Kopf nicht mal bis zum Rahmen. Genau dort hatte er eine ungewöhnliche Kerbe im unteren Rahmen entdeckt, in die sein kleiner Zeigefinger perfekt passte. Nun trat er an das Bild, fühlte mit seinen Fingern genau diesen Teil des Rahmens und wurde fündig. Er ging in die Knie und entdeckte jene Kerbe, die ihm so vertraut gewesen war. Es gab nun keinen Zweifel mehr, dieses Bild war früher bei seinen Eltern gehangen.

Erst als er das Hupen der Busse hörte, die zum Aufbruch mahnten, verließ er die Orangerie, verabschiedete sich von Giamotti und dessen Gattin, und fuhr zum Flughafen. Auf dem Weg dorthin herrschte ausgelassene Stimmung, die Gartenparty des Maestros wurde einhellig als Sieg des Reichtums über die Intelligenz gepriesen, nur wenigen kam angesichts Giamottis Lausanner Affronts kein Spott über die Lippen, während etliche der weiblichen Gäste wie aus einem berauschenden Traum erwachten. Mit ihrer im Nachhinein unbegreiflichen Gefügigkeit gegenüber Giamotti zogen sie den Hohn der Kollegen auf sich, wobei Horst Klever, dessen Paukensoli in Fachkreisen ebenso gefürchtet waren wie seine Kommentare, verkündete, dass Giamottis allumfassender Eros offenbar langjährige Vaginalverkrampfungen in Sekundenschnelle lösen könne. Deshalb müsse man ihn angesichts seiner Tätigkeitsvielfalt als den einzigen dirigierenden Samenstrang dieser Welt bezeichnen. Die Kollegen bescheinigten Horst Klever daraufhin dessen vollständige Genesung. Lisa, die neben Frank saß, flüsterte ihm ins Ohr:

„Wie kann man so gemein sein? Sich zuerst bei Giamotti den Bauch vollschlagen und ihn danach so schlecht machen!"

„Lisa, in der Arbeitswelt geht es nicht immer gerecht zu."

„Aber muss man gleich so übereinander herziehen?"

„Dieser Giamotti hat sich nun mal schlecht benommen."

„Du meinst das mit den Frauen? Ich habe sie genau beobachtet, sie hätten sich wehren können, doch keine tat etwas dagegen. Ich hätte ihm eine gescheuert, wenn er mich angefasst hätte."

„Gut so Lisa!"

Sie merkte, dass er dieses Lob ernst gemeint hatte und kramte zufrieden ihren Player aus der Handtasche, steckte sich Stöpsel in die Ohren und war bis zur Ankunft am Flughafen nicht mehr ansprechbar.

Die Wogen im Bus hatten sich inzwischen geglättet und alle sahen entspannt einer freien Woche entgegen. Frank verabschiedete sich von Anne und Lisa sowie den Orchesterkollegen und ging zu dem Ausgang für den Flug nach Genf. Lisa war schwer beeindruckt von Giamotti und seiner Villa gewesen, umso beruhigender fand er ihre Bemerkung mit der Ohrfeige, anscheinend hatten sie bei Lisas Erziehung nicht alles falsch gemacht.

Auch ihm hatte Giamottis Anwesen imponiert, vor allem der formvollendet angelegte Garten zeugte von Geschmack und Kunstverstand. Ihm fiel wieder das Gemälde in der Orangerie ein und die Erinnerungen daran wurden konkreter. Das Mahier-Gemälde hing im Wohnzimmer, bis es seine Mutter nach Vaters Tod abgehängt hat. Da war er zehn Jahre alt. Seitdem hatte er es nie mehr gesehen. Seltsam, dass es weder im Nachlass des Vaters noch der Mutter aufgetaucht war. Er erinnerte sich auch an den Schock, den der Tod seines damals schon alten Vaters auslöste, dass er nie wieder mit diesem gütigen Mann in seinem Ford Taunus durch die Stadt fahren würde, dass dieser ihn nie wieder bei der Hand nehmen würde und ihn mit einer Überraschung für das Üben mit der Geige belohnen würde. Nach dessen Tod wollte seine Mutter, die über zwanzig Jahre jünger war als ihr Mann, das Haus verkaufen und umziehen. Zwei Jahrzehnte vergeudetes Leben genügen, hatte sie mit kalter Stimme gesagt und erschreckte ihn damit noch weit mehr als mit ihrem Beschluss, Vaters gesamten Hausrat entrümpeln zu lassen.

Über seinen Vater wusste er im Grunde nicht viel. Er hatte vor dem Krieg in leitender Position in einer Stoffgroßhandlung gearbeitet, war begeisterter Hobbymusiker und sehr belesen. Nachdem er den Kriegseinsatz wie durch ein Wunder überlebt hatte - im Gegensatz zu seinem ehemaligen Arbeitgeber, dessen Firmengebäude zudem völlig zerstört worden war - wurde ihm seines Organisationstalents wegen die Aufgabe zugewiesen, die städtische Bibliothek nach dem Krieg wieder aufzubauen.

Nach dem Tod der Mutter, sie starb fünfzehn Jahre nach ihrem Mann, kam Streit mit seiner Schwester Ingrid um das Erbe auf. Sie war als erfolgreiche Unternehmerin inzwischen derart aufs Geld versessen, dass er sich mit einigen Kleinigkeiten und dem halben Verkaufserlös des nach Vaters Tod neu bezogenen Hauses zufrieden gab, wovon er sich seine wertvolle Geige kaufte. Ständig wies sie darauf hin, wie die Banken ihr wegen den Firmenkrediten im Nacken säßen und ihre unternehmerischen Erfolge damit fast zunichtemachten. Beim Räumen von Mutters Nachlass hatte er das Gefühl, dass Ingrid ihn hinterging, da sie fast Tag und Nacht im Haus war. So ging er einmal bei Tagesanbruch in das Haus und durchsuchte den Speicher, der aber weitgehend geleert war. Hinter Kartons mit alten Kleidern fand er weitere Schachteln mit Fotoalben und anderen Erinnerungsstücken seiner Mutter, was er ohne das Wissen der Schwester mit zu sich nahm, doch abgesehen von den Fotos hatte er sich nie für etwas davon interessiert. Eigentlich hätte das Mahier-Gemälde spätestens zu diesem Zeitpunkt wieder auftauchen müssen. Oder hatte man es bereits in Vaters Nachlass entdeckt? Er war damals noch ein Kind, da kümmert man sich nicht um irgendwelche Ansprüche. Er kannte Erbstreitigkeiten aus seinem Bekanntenkreis und was er da mitbekommen hatte, reichte ihm völlig: Der eben Verstorbene war noch nicht kalt, da ging es schon zur Sache. Mit solchen Streitereien wollte er nichts zu tun haben, außerdem lagen bei ihm jene Dinge schon über zwanzig Jahre zurück.

Die Lautsprecherdurchsage, in der zum Einstieg nach Genf aufgefordert wurde, riss ihn aus seinen Gedanken. Im Flugzeug saß er neben einem Geschäftsmann, der sich ohne Nachfrage als Mitarbeiter des Fußballweltverbandes vorstellte. So erfuhr Frank, dass die Fußballweltmeisterschaft 2006 kommendes Jahr in Deutschland stattfinden würde. Das bedeutete, dass in dieser Zeit hinter den Konzertbühnen wieder etliche Fernsehgeräte stehen würden, wo sich seine Kollegen in jeder Proben- oder Konzertpause versammeln und es wochenlang kein anderes Thema mehr geben würde. Frank schloss die Augen, dachte an Juliette und schaffte es, die Hiobsbotschaft seines Sitznachbarn zu vergessen.

Am Flughafen in Genf holte Juliette ihn mit seinem Auto ab und brachte ihn nach Evian, wo sie sich für den nächsten Vormittag zum Unterricht verabredeten. Dann fuhr er alleine weiter nach Meillerie, wo er das gleiche Zimmer wie zuvor für eine weitere Woche reserviert hatte. Das Kind der Besitzerin winkte ihm zu, als er das Hotel betrat.

Im Zimmer setzte er sich vor seinen Laptop und suchte im Internet nach Informationen über Mahier. Er fand mehrere Artikel über diesen französischen Maler, der 1904 gestorben war. Auf einer Seite waren etliche seiner Bilder zu sehen. *Die Bucht von Cassis* war allerdings nicht darunter. Er klickte sich noch durch einige andere Seiten, konnte aber nichts Interessantes entdecken. Nach seiner Rückkehr würde er die alten Kartons bei sich zu Hause durchsuchen.

Am nächsten Vormittag fuhr er zu Juliette, die alle Stücke für das anstehende Probespiel in der kommenden Woche übte und hörbare Fortschritte machte. Sie arbeiteten weiter an den Details und saßen danach auf der Veranda, wo ihnen das Dienstmädchen wieder Brioches und Kaffee servierte. Juliette fragte ihn über den weiteren Verlauf der Tournee aus und er berichtete ausführlich, auch über das Gartenfest in Florenz und das Gemälde von Mahier in Giamottis Orangerie, das ihm so bekannt vorkam.

Sie lächelte ihm zu.

„Du bist ein Gemäldenarr wie mein Vater, im Grunde könntest du dich mit ihm zusammentun."

„Dazu fehlt mir das nötige Kleingeld."

„Dann werde Dirigent."

„Dazu fehlt mir der nötige Größenwahn."

„Dann heirate eine reiche Frau."

„Dazu fehlt mir die nötige Kraft."

„Davon habe ich bisher nichts bemerkt."

Ihr Tonfall und ihr unverblümter Blick brachten ihn in Verlegenheit, was sie gleich bemerkte. Er schlug vor, mit dem Unterricht fortzufahren.

„Aber natürlich Herr Professor, ausschließlich deshalb sind Sie ja hier."

Während sie die Treppe in den Salon hoch gingen, fragte ihn Juliette, ob er Hilfe bräuchte, viele in seinem Alter würden ja bereits einen dieser todschicken Treppenlifte bevorzugen. Er lächelte nur.

Sie arbeiteten nochmals zwei Stunden, Frank war zufrieden mit ihr. Juliette schlug vor, am nächsten Morgen allein weiter zu üben und dann mit ihm gegen Mittag mit dem Schiff nach Genf zu fahren, das gute Wetter halte sich und sie liebe diese Fahrt auf dem See. Er hatte keine Einwände.

Um kurz vor zwölf Uhr fuhren sie nach Yvoire, von wo es eine schnelle Schiffsverbindung nach Genf gab. Sie lösten die Tickets und setzten sich auf das Oberdeck. Mit einem spürbaren Vibrieren der Motoren legte das Schiff ab. Außerhalb des Hafens nahm es Tempo auf und Juliettes Haare begannen wild um ihren Kopf zu wirbeln. Sie kramte in ihrer Jackentasche, holte einen Haargummi hervor und machte sich einen Zopf. Frank bemerkte, wie ihr Gesicht nun schmaler wirkte, was ihre schönen Augen noch besser zur Geltung brachte. Sie sah glücklich aus.

„Frank, sei mal ehrlich, habe ich eine Chance bei dem Probespiel?"

„Natürlich."

Sie begann von ihren bisherigen Probespielen zu erzählen, bei denen sie mehrmals in die zweite und einmal sogar in die dritte Runde gekommen sei.

„Das war in Mannheim am Theater. Bis dahin schafften es nur ich, eine Asiatin und ein Deutscher, der die Stelle schließlich bekam. Beim Verlassen des Theaters hörte ich eine Andeutung, dass wir Frauen zwar eindeutig besser gespielt hätten, aber schließlich seien sie hier in Mannheim. Dieses dumme Geschwätz hat mich maßlos geärgert."

„Deutsche Männer sind beliebt, solide, trinken Bier und werden nicht schwanger. Einfach perfekt bis auf den Makel, dass sie selten so ausdauernd üben wie ihr Frauen. Also bereite dich darauf vor, dass du möglicherweise wieder einem männlichen Bewerber unterliegst, obwohl du wie eine Göttin gespielt hast."

„Aber die Musik, das Niveau, der Anspruch, zählt das denn nichts?"

„Wird sowieso versaut vom Dirigenten."

Sie sah ihn verärgert an:

„Du kannst einem wirklich die Freude an der Musik verderben."

„Wenn du erstmal dabei bist, wirst du mit den Jahren genauso denken."

In diesem Augenblick ertönte die Schiffshupe. Sie fuhren den Hafen von Nyon, dem einzigen Zwischenstopp, an. In Genf gingen sie an Land, der Schiffsanleger war ganz in der Nähe des Quai Mont-Blanc, wo Frank erst kürzlich geparkt hatte, und bummelten durch die Gassen der Altstadt. Irgendwann schlug Frank ihr vor, den Geigenbauer Mauvais aufzusuchen, dessen Laden sie nur vom Hörensagen her kannte.

Dort spielten sie auf einigen interessanten Instrumenten und Mauvais zeigte ihnen noch mehrere alte französische Bögen, die er kürzlich erst hereinbekommen hatte. Über die stolzen Preise kamen sie in eine Diskussion, ob sich Bögen als Kapitalanlage wirklich lohnten. Als Mauvais Frank schließlich überzeugt hatte, zog er ernsthaft in Erwägung, statt des geplanten Autokaufs - sein Citroen war über zehn Jahre alt - einen der Bögen zu erwerben. Danach schlenderten sie ziellos herum und ließen sich von den Menschenmassen treiben, die die hochsommerliche Stadt belagerten. Am Musee Beausiac zeigte Juliette ihm die Räumlichkeiten, wo sie schon öfters Kammermusik bei Vernissagen gespielt hatte.

Schließlich bekamen sie Hunger. Juliette bat, ihn dieses Mal einladen zu dürfen, sie sei schließlich nicht mittellos. Frank nahm an, fragte aber zugleich nach der Abfahrtszeit der letzten Fähre. Juliette antwortete, die würden im Sommer die ganze Nacht über fahren, er brauche sich nicht zu sorgen.

Als sie spät am Abend den Hafen erreichten, war die Kasse der Reederei geschlossen. Ein Blick auf den Fahrplan bestätigte, was Frank geahnt hatte. Juliette war zu keinem Zeitpunkt geneigt gewesen, Genf in dieser Nacht wieder zu verlassen.

Sie zuckte nur lässig mit den Schultern:

„Immer diese ständigen Änderungen. Du glaubst gar nicht, was wir unter den Schweizer Fahrplänen zu leiden haben."

Er musste sich eingestehen, dass ihm ihre Reaktion wie auch die ganze Situation gefiel. Dennoch sagte er:

„Ein Taxi ist immer noch billiger als ein Hotel."

„Im Taxi ist es aber nicht so kuschelig. Und was soll der Fahrer die ganze Nacht machen?"

Sie kam ganz nahe an ihn heran, küsste ihn auf den Mund und flüsterte:

„Was kann ich tun? Meine Empfindungen lassen sich nicht einfach wegzaubern."

Er umarmte sie zum ersten Mal von sich aus und fragte dann, ob sie ein Hotel kenne.

„Klar! Und für Genfer Verhältnisse echt günstig!"
Sie zog ihn hinter sich her.
„Weiß dein Vater Bescheid?"
„Das ist egal. Es braucht ihn nicht zu interessieren."
„Warum auf einmal diese Distanz zu ihm?"
„Weil ich jetzt dich habe.", antwortete sie übermütig.
„Ich dachte, du wolltest mich weder heiraten noch ein Kind von mir."
Sie blieb stehen und sah ihn an:
„Keine Sorge, das gilt noch immer. Darf ich mich aber vielleicht trotzdem freuen, dass du so langsam auftaust anstatt immer nur an unseren Altersunterschied zu denken?"
Er nahm ihr Gesicht in seine Hände.
„Das hast du schön gesagt."
Ihre Augen strahlten ihn an, doch im nächsten Augenblick zog sie ihn schon weiter. Im Hotel stellte sich heraus, dass sie bereits ein Zimmer für diese Nacht vorbestellt hatte.

***

Giamotti schlief gewöhnlich alleine, da er jegliches Lebenszeichen seiner Frau Chiara als Störung der ihm heiligen Nachtruhe empfand. Am Morgen nach dem Gartenfest weckten ihn ungewohnte Geräusche in seiner Villa, im Halbschlaf vermutete er Chiaras Rückkehr, die gestern nach der Abfahrt der Orchesterbusse plötzlich verschwunden war. Auch wenn die Ehe mit ihr nach zwei Jahren deutlich an Harmonie verloren hatte, war er zumindest froh über ihre Unbekümmertheit, mit der sie seine Begeisterung für andere Frauen hinnahm. Mögliche Grenzen ihrer Toleranz hatte er nie in Erwägung gezogen. Während er sich im Bad seiner Nassrasur mit der ihm typischen Exaktheit widmete, begann ihn der Umtrieb im Haus zu verstimmen. Er wusch sich das Gesicht und befeuchtete die Haut mit jenem Rasierwasser, das ihm seit Jahren über dunkle Kanäle aus Ägypten ins Haus geliefert wurde und dessen extravaganter Geruch belebend wirkte. Danach wollte er sich in den Salon begeben um zu frühstücken. Am Absatz der Treppe sah er seinen *Maestro di casa*, wie er ihn wegen der Fülle seiner Aufgaben als Hausangestellter nannte, etliche Koffer aus dem Haus tragen.

„Giorgio, was machst du da?“, fragte er mürrisch.

„Ich trage Signoras Koffer ins Auto.“

„Warum denn das?“

„Mit Verlaub, Maestro, ich habe nur den Auftrag ...“

In dem Augenblick kam Chiara ins Treppenhaus und blitzte ihren Mann wütend an.

„Chiara, was soll das?“, fragte er sie ungeduldig.

„Mir reicht es, du hast den Bogen gestern endgültig überspannt! Ich lasse mich von dir nicht vorführen, ich lasse mich nur noch möglichst bald ...“

Ihr Blick machte das Aussprechen jenes Wortes unnötig. Giamotti, darauf vertrauend, dass das leidige Scheidungsthema seit dem Disput in der Lausanne Hotellobby wieder vom Tisch war, bemühte sich, gelassen zu bleiben.

„Und warum?"

Chiara gab Giorgio ein Zeichen, woraufhin dieser das Haus verließ.

„Solange du deine Triebe diskret ausgelebt hast, war mir das egal, so hatte wenigstens ich Ruhe. Doch mich vor deinem Orchester derart bloß zu stellen … du kannst mir dankbar sein, dass ich dir gestern keine Szene gemacht habe, dein Ansehen als Maestro wäre ruiniert gewesen. Es ist aber durchaus in meinem Sinn, dass du weiterhin den großen Dirigent spielen darfst, denn dieses Gartenfest wird die teuerste Fummelei deines Lebens."

Sie wandte sich ab und verließ das Haus. Kurz darauf sah er den vollgeladenen Kleintransporter mit Giorgio und Chiara das Grundstück verlassen.

Giamotti versuchte vergeblich, sich keine Sorgen zu machen. Zu Tisch ließ er sich von der Küchengehilfin die Tageszeitung bringen und trank seinen Kaffee dazu. Er konnte sich jedoch nicht konzentrieren, zu sehr beschäftigte ihn Chiaras Entscheidung. Er musste ihre Drohung ernst nehmen, denn wenn sie, wie zu erwarten war, einen Anwalt zu Hilfe nahm, wurde es teuer. Seine letzten zwei Gattinnen hatte er mit Einmalzahlungen abgefunden, was zwar nicht billiger kam, ihm aber ein Gefühl der Abgeschlossenheit vermittelte. Er würde später seine Anwälte anrufen. Da er über den Stand seiner finanziellen Möglichkeiten genauestens im Bilde war, musste er wohl erstmals auf seine Gemäldesammlung zurückgreifen, um Chiara abzufinden. Der Kaffee in seiner Tasse war über diese unangenehmen Gedanken kalt geworden.

Er begab sich in den Park des Anwesens. Hier, in dem von seiner ersten Frau geplanten und von Handwerkern und Künstlern umgestalteten Garten, fand er meist Ruhe, doch Chiaras Entscheidung verdarb ihm die Stimmung. Sie war stolz, aber offensichtlich nicht stolz genug, um seine bedeutungslosen Flirts einfach zu übersehen. Vielleicht sollte er kein weiteres Mal heiraten. Er blieb stehen. Würde seine erste Frau noch leben, er hätte sich die restlichen drei Ehen ersparen können und das Leben wäre gänzlich anders verlaufen. Doch war es müßig, darüber nachzudenken. Er gehörte zu den drei großen lebenden Dirigenten Italiens, doch nur selten erfüllte ihn dieser Gedanke mit Stolz, oft hingegen spürte er diesen dumpfen Schmerz, dass seine erste Frau dies alles nicht mehr erleben durfte. Diese bittere Erfahrung konnte er immer wieder dirigierend in Musik umsetzen, seine Interpretationen erreichten dann eine Intensität, über die er sich selbst wunderte. Wenn er in diesem Zustand eine Mahler-Sinfonie dirigierte, war nichts mehr zu retten. Der Welt abhandengekommen nahm er vom Dirigentenpult aus ein fahles Licht wahr, eine Art Todessehnsucht, und er meinte zu hören, wie das Orchester in eine kollektive Depression fiel. Jene Mahler-Abende waren ebenso legendär wie umstritten. In den Feuilletons erschienen dann die ewig gleichen Überschiften: „Tod in Rom, Tod in Mailand, Tod in Salzburg“, je nachdem, wo das Konzert stattgefunden hatte. Seine Interpretation wurde als düstere Mixtur einer Mann/Visconti/Mahler-Weltsicht beschrieben. Mahlers berühmte Fünfte, von Visconti als Filmmusik missbraucht, war seitdem als die einzige seiner Sinfonien tabu für ihn. Mit jener Fünften hatte man ihn vor Jahren vergeblich zum Filmfestival nach Venedig eingeladen, mit seiner lautstark inszenierten Weigerung kam er sogar in die Tagespresse.

Giamotti setzte sich an den Brunnen im Schatten einer großen Platane. Dort hatten seine erste Frau und er entschieden, den historisch gewachsenen Park umzugestalten. Sie hatte keinerlei akademische Bildung, sprach anfangs ein schrecklich polnisch-deutsch eingefärbtes Italienisch, doch das feine Gespür, wie sie die Planung umsetzte, zeugte von ihrem Kunstsinn. Der Bildhauer, der das Anwesen um einige Skulpturen ergänzte, erhielt später auch den Auftrag für ihren Grabstein.

Sein Handy läutete, Giorgio erinnerte ihn an seinen bevorstehenden Termin. Um halb zwei Uhr musste er im Palazzo Vecchio sein. Es ging um die Ausrichtung eines im nächsten Frühjahr erstmals stattfindenden Dirigentenwettbewerbs mit ihm als Namensgeber, eine Idee der städtischen Kulturbeauftragten Beatrice Clementi, mit der sie ihm seit Monaten in den Ohren lag. Nach der Sitzung würde er sie bitten, mit ihm zu Abend zu essen. Sie war Anfang vierzig, von vorzüglichem Äußeren und gehörte noch in die Kategorie *unbestiegen*, ein Zustand, der angesichts Chiaras Auszug nicht mehr länger hinnehmbar war. Er würde den restlichen Nachmittag die Partituren seiner nächsten Konzerte durchsehen und dann beim Abendessen jener Beatrice Clementi gegenüber einige Zweifel bezüglich des Wettbewerbs anmelden, deren Zerstreuung sie dann bei ihm im Schlafzimmer bewerkstelligen konnte.

Als er spätnachts mit ihr in seiner Villa erschien, nahm Giorgio dies regungslos hin, er kannte Giamotti schließlich seit Jahren. Dass Chiaras Abgang gerade mal vierzehn Stunden her war, entsprach seiner Dynamik. Giamotti bezahlte sein Personal gut, alle schätzten dies, weshalb es schon lange keinen Wechsel mehr gegeben hatte.

***

In aller Früh verließ Beatrice Clementi die Villa mitsamt dem unterschriebenen Wettbewerbsvertrag und einer irritierenden Entdeckung in Giamottis Schlafzimmer. Eilig fuhr sie die kurvige Straße hoch nach Fiesole und bog dort ab in Richtung Fontebuona, wo sie im ehemaligen Haus ihrer Eltern wohnte, die seit ihrer Pensionierung zusammen mit ihrer Oma Francesca ans Meer gezogen waren. In Fontebuona hielt sie bei ihrem Bruder, dem Dorfbäcker, an und klopfte an die Hintertür, da der Laden noch geschlossen hatte. Er verdrehte die Augen bei ihrem Anblick und fragte:

„Von wem kommst du?"

Sie blinzelte ihm zu:

„Dienstgeheimnis."

„Frühstück wie immer?"

„Heute bitte das Doppelte, eine Freundin wohnt bei mir."

Er wollte eben die Backwaren holen, als sie ihn an die Schulter fasste:

„Noch etwas. Kann ich Omas Portrait ein paar Tage zu mir holen?"

Er deutete nur mit dem Kopf nach oben. Sie ging leise die Treppe in seine Wohnung hoch und hängte das Gemälde im Wohnzimmer ab. Um ihre noch schlafende Schwägerin und die Kinder nicht zu wecken, schlich sie genauso behutsam wieder nach unten, wo ihr Bruder die Tüte mit den Backwaren bereits ins Auto gelegt hatte. Sie bedankte sich und deutete auf das Bild:

„Nur für ein paar Tage, in Ordnung?"

Er zuckte gleichgültig mit den Schultern und ging an seine Arbeit zurück. Sie legte das Bild auf den Rücksitz, fuhr die letzten hundert Meter zu ihrem Haus und parkte im Garten. In der Küche setzte sie den Espressokocher auf und stellte das Bild im Wohnzimmer auf das Sofa. Sie goss den Espresso in ihre

Tasse, gab eine Prise Zucker dazu und setzte sich vor das Gemälde. Sie betrachtete es lange und eingehend. Kein Zweifel, mit der Entdeckung in Giamottis Schlafgemach hatte sie eine Spur gefunden.

***

Nach der Schweizer Tournee und dem Gastspiel in Florenz hatte das Orchester eine Woche frei, nur Anne musste die übliche Nachbereitung erledigen. Außerdem war das Probespiel für eine offene Stelle bei den ersten Geigen angesetzt und die Vorauswahl bereits getroffen, so dass das Orchesterbüro die Einladungen verschicken konnte. Als Anne die Bewerberliste überflog, stieß sie auf den Namen Juliette Jouard. Das hatte ihr gerade noch gefehlt, dass dieses französische Flittchen um die Stelle spielte. Einmal mehr nervte es Anne, so dumm gewesen zu sein, ihr eine Freikarte für das Konzert in Montreux beschafft zu haben. Dass Frank sich mit dieser Juliette abgab, die sich während ihres letzten gemeinsamen Urlaubs in Granada an ihn herangemacht und mit einer Postkarte ihrer Ehe eine Ende gesetzt hatte, ärgerte sie. Und dass sie sich darüber ärgerte, verstimmte sie noch mehr. Erschwerend kam hinzu, dass sie seit einigen Tagen mal wieder ohne ihren Freund war, denn Pablo weilte sechs Wochen lang beruflich in Argentinien. Sie wusste wenig über seine Arbeit, irgendein führender Posten in der Telekommunikationsbranche, wo es an jedem Ort der Welt einen Grund gab, endlose Verhandlungen zu führen. Sie war es leid, ständig alleine zu sein. Als sie dies kürzlich Lisa gegenüber erwähnte und ein mitleidloses ‚selbst schuld' zu hören bekam, hätte sie ihre Tochter ohrfeigen können. Lisa entschuldigte sich zwar am nächsten Tag, kündigte aber gleichzeitig an, für eine Woche zu Oma zu gehen, wo sie immer willkommen sei. Anne hing daraufhin schlecht gelaunt im Büro herum. Und nun noch diese Juliette. Sie konnte nur hoffen, dass sie kläglich spielte oder das Orchester unter allen Umständen einen Mann haben wollte.

Sie erledigte die anstehenden Arbeiten und ging dann die Veranstaltungen der nächsten drei Wochen durch. Zuerst kam Giamotti, gefolgt von zwei Gastdirigenten, bevor dann endlich die Sommerpause des Orchesters begann. Es schien soweit alles geregelt zu sein. Zumindest solange, bis Giamotti eintraf und alles wieder anders haben wollte, cholerische Anweisungen gab, sich nicht mehr an Absprachen erinnerte und damit ein heilloses Durcheinander schuf, für das er Anne verantwortlich machte. Nicht umsonst nannte Anne ihn gegenüber Freunden das *organisierte Erbrechen*. Sie räumte ihren Schreibtisch auf, schaltete den Computer aus und machte sich auf den Weg nach Hause.

***

Beim Frühstück im halboffenen Foyer des Genfer Hotels waren sich Frank und Juliette einig, baldmöglichst die Rückfahrt nach Yvoire anzutreten, damit sie am Nachmittag nochmals üben konnten. Das Probespiel rückte näher und sie sollte sich ab jetzt allein darauf konzentrieren. Am späten Vormittag gingen sie in Yvoire von Bord und er fuhr sie nach Hause, wohin er am frühen Abend dann zum Unterricht käme. Sie küssten sich zum Abschied.

Als Juliette das Haus betrat, stürmte ihr Vater aus dem Arbeitszimmer:

„Wo warst du heute Nacht?"

Juliette blieb ruhig.

„In Genf, das habe ich dir doch gesagt."

„Mit wem?"

„Das braucht dich nicht zu interessieren."

„Sicher mit diesem Beckmann!"

„Und wenn schon? Willst du mir drei Tage vor dem Probespiel etwa die Geige wegnehmen? Soll ich mein Leben lang hier bleiben und dich zufrieden stellen? Fängt das jetzt wieder an?"

Sie lachte provokant:

„Oder soll ich etwa Nonne werden?"

Jouard sah seine Tochter kritisch an. Ihr erwachtes Selbstbewusstsein, welches ihm seine Frau schon länger prophezeit hatte, passte ihm genauso wenig in den Kram wie dieser Geigenlehrer.

„Nun sag schon, welches Kloster hast du für mich rausgesucht?", spottete sie weiter.

Wortlos kehrte er in sein Arbeitszimmer zurück, wo kurz darauf seine Frau im Türrahmen stand.

„Ich habe alles mitgehört. Lass sie ziehen, Herbert. Sie weiß, was sie tut."

„Sie fickt mit diesem Geiger."

„Ich verbiete dir, in diesem Ton von ihr zu sprechen."

„Wenn sie die Orchesterstelle nicht bekommt ...“

„ ... dann kehrt sie trotzdem nicht zurück. Dafür werde ich sorgen.“, fiel ihm seine Frau ins Wort.

Er warf ihr einen wutentbrannten Blick zu.

„Herbert, wage es nicht, Juliette mit deinen üblichen Mitteln hier im Haus zu halten.“

„Du spinnst.“

„Und du leidest! Und wie du leidest! Jetzt merkst du endlich mal, was das heißt. Juliette hat dies nun hoffentlich hinter sich.“

„Wann hat sie je gelitten?“

Sie sah ihn verächtlich an:

„Wie wenig du sie kennst.“

Wütend verließ er das Haus. Sie ahnte, dass er erst am nächsten Tag zurückkehren würde.

Während Frank am Nachmittag zu Juliette fuhr, hoffte er, dass Jouard ihr keine allzu großen Unannehmlichkeiten wegen der Nacht in Genf bereitet hatte. Juliette sollte sich von nichts abgelenkt auf ihr Probespiel konzentrieren. Bereits im Park kam ihm Madame Jouard mit finsterem Blick entgegen.

„Ich habe mit Ihnen zu reden, Monsieur Beckmann. Sie wagen es, eine Freundin von mir hier in Evian zu verfolgen und dies ihr gegenüber zu leugnen. Das ist - gelinde gesagt - eine Unverschämtheit von Ihnen.“

Sie machte eine kurze Pause.

„Aber eigentlich wollte ich Sie wegen Juliette sprechen. Trotz meinen Vorbehalten Ihnen gegenüber habe ich einen Wunsch. Falls es mit der Stelle nicht klappen sollte, möchte ich Sie bitten, Juliette weiterhin zu unterstützen. Sie sollte nicht hierher zurückkehren.“

Ihre Abneigung ihm gegenüber war deutlich zu spüren, daher erstaunte ihn ihre Bitte.

„Bieten Sie Juliette an, vorübergehend bei Ihnen zu wohnen, bis sie etwas Eigenes findet. Die vergangene Nacht mit ihr in Genf ... ich erwarte es von Ihnen."

„Hat Ihr Mann Juliette deswegen unter Druck gesetzt?"

„Ja, aber Juliette hat sich gewehrt. Mein Mann wird seine Zeit brauchen, bis er ihren Entschluss akzeptiert. Ich befürchte jedoch, dass er sich etwas einfallen lassen wird, um sie unter Druck zu setzen. Ich erwarte daher Ihre Unterstützung."

„Sie können auf mich zählen."

Sie warf ihm einen etwas weniger abweisenden Blick zu und deutete an, dass er nun ins Haus könne, wo Juliette ihn mit einer unbeschreiblichen Wärme empfing. Sie geigte an diesem Tag erneut sehr gut, wenn sie so vor dem Orchester spielte – dann hatte sie die Stelle.

***

Beatrice Clementi saß noch immer im Wohnzimmer ihres Hauses in Fontebuona und starrte mit der Espressotasse in der Hand auf das Portrait ihrer neunzehnjährigen Großmutter Francesca, auf dem diese weiß bekleidet in einem Sessel thronte und dem Betrachter mit der gelassenen Ruhe einer Liebenden entgegenblickte. Ihre Entdeckung in Giamottis Schlafzimmer kam ihr immer abwegiger vor. Es war wie bei Goya und dessen zwei Gemälden der Herzogin von Alba: Einmal nackt und einmal bekleidet in jeweils der gleichen Position. Über Giamottis Bett hing exakt das gleiche Portrait ihrer Oma Francesca, nur dass sie nackt auf dem Sessel saß. Ihr war es erst aufgefallen, als Giamotti und sie gegen Tagesanbruch in zähen Verhandlungen das ausgehandelt hatten, was jeder für sich erreichen wollte: Er seine Erlösung zwischen ihren Beinen und sie die Unterschrift unter dem Vertrag. Beides war noch nicht trocken, da sprang ihr das Portrait über dem Bett ins Auge. Giamotti gegenüber hatte sie sich nichts anmerken lassen und war nach einem kurzen Intermezzo in seinem Bad aus der Villa geschlichen.

Obwohl er sofort eingeschlafen war, hatte sie es nach ihrem Badaufenthalt nicht gewagt, das Bild von der Wand zu nehmen und dessen Rückseite zu untersuchen. Bei ihrer bekleideten Francesca hatte sie vor drei Jahren, als sie ihr Haus renovieren ließ und das Bild danach zu ihrem Bruder brachte, eine Widmung auf der Rückseite entdeckt:

Für Francesca in unvergessener Leidenschaft
Arthur Mintzberg, Positano 1932

Oma Francesca hatte immer wieder erzählt, wie es zu dem Portrait gekommen war, allerdings war nie ein Name gefallen. Alle in der Familie kannten die Geschichte bis auf eine Ausnahme: Francescas Mann blieb bis zu seinem Tod ahnungslos, was nicht etwa der Verschwiegenheit der Familie, sondern seinem Einsatz als Soldat im zweiten Weltkrieg geschuldet war. In der Woche des Münchner Abkommens 1938 heirateten sie, drei Jahre später wurde er eingezogen. Seinen Sohn - Beatrices Vater - hatte er nie gesehen, dieser wurde gezeugt während eines Fronturlaubs und geboren nachdem eine Fliegerbombe den Vater zerfetzt hatte. Francesca trauerte ihrem Mann exakt sechs Jahre in schwarzer Kleidung nach, bis sie eines Morgens ihre Familie damit überraschte, das Portrait, welches ihr Mann nie zu Gesicht bekommen hatte, wieder an die Wand zu hängen. Sie hatte dabei jenes weiße Kleid an, das auf dem Gemälde zu sehen war. Anstatt in Sentimentalität zu verfallen, meinte sie lapidar, dass die Versorgungslage sich täglich bessere und ihr dieses Kleid aller Voraussicht nach nicht mehr lange passen werde. Neunzehn Jahre, genau ihr halbes Leben, lagen zwischen dem Portrait und ihrer Rückkehr ins Leben, doch selbst mit achtunddreißig strahlte sie noch jene verwegene Schönheit aus, die auf dem Gemälde unübersehbar war. So hörte die Familie nach langer Unterbrechung wieder die Geschichte jenes Sommers, in dem sie ihre Unschuld verlor. 1932, ein Sommeraufenthalt bei einer Tante an der Amalfiküste, dazu dieser dreizehn Jahre ältere, gutaussehende Mann aus Deutschland und seine fortwährenden Komplimente, die so ganz anders waren als die üblichen Sprüche ihrer Altersgenossen und sie in ihrer jungen Unerfahrenheit hinschmelzen ließ, so dass sie sich ihm die gesamten drei Wochen hingab, während die Tante sie bei einer Freundin in der Nachbarschaft wähnte. In der zweiten Woche saß sie dann Modell bei einem mit Mintzberg befreundeten Maler. Dass sie dort auch unbekleidet posiert haben musste, wie Beatrice nun mutmaßte, hatte Francesca ebenso wenig erwähnt wie den Umstand, dass es überhaupt ein zweites Portrait gab. Ob darauf die gleiche Widmung zu finden war?

Beatrice begann im Internet nach diesem Mintzberg zu recherchieren. Es gab nicht viel zu finden, nur seine Lebensdaten und den Hinweis auf die erzwungene Versteigerung seiner

Sammlung im Jahre 1936. Von den aufgelisteten Bildern kannte sie kein einziges.

Sie blickte auf die Uhr. Kurz nach sechs. Da mit dem unterschriebenen Vertrag die organisatorischen Vorbereitungen nun beginnen konnten, wollte sie von diesem Berg an Arbeit bis zum Frühstück wenigstens das Wichtigste vorbereitet haben. Sie wickelte das Bild in eine Decke und stellte es in ihren Kleiderschrank.

Der Dirigenten-Wettbewerb sollte wegen Giamottis Prominenz nicht nur eine weitere kulturelle Attraktion in Florenz werden, sondern auch ihre Karriere im Kulturreferat fördern. Ihr Ziel war es, den Wettbewerb innerhalb von wenigen Jahren zu einer der renommiertesten Veranstaltungen dieser Art auszubauen. Sponsoren standen bereit, ihre hervorragenden Beziehungen innerhalb der Stadt sowie nach Rom und Mailand würden das Übrige tun.

Irgendwann hörte sie Geräusche aus dem ersten Stock, wo sich die Schlafzimmer und das Bad befanden und setzte eine große Kanne Espresso auf. Bald darauf stand die lächelnde Chiara Giamotti an der Tür. Beatrice begrüßte sie:

„Wie war die erste Nacht in deinem neuen Zuhause?“

Statt einer Antwort fragte Chiara:

„Hat er unterschrieben?“

„Ja, es wurde aber spät.“

„Sogar nachts musst du hart arbeiten. Und dann noch mit diesem Mann.“

„Ach, es ging. Es gab zähe Vorverhandlungen, aber sobald er mit seinem Ding dort war, wo er hinwollte, ging es presto, crescendo, Finale. “

Sie deckten den Frühstückstisch. Chiara erzählte dabei, wie rasch die Ernüchterung über ihre Ehe einsetzte und sie schon lange entschlossen war, Giamotti zu verlassen. Bei dem Orchesterempfang hatte er dann den Bogen überspannt. Wie er die Musikerinnen befingert hatte und später beim Anblick des

Slips dieser Flötistin so unglaublich vulgär geworden war, entsetzte sie zuerst, bis sie dann schlagartig ahnte, dass der Tag ihres Auszuges bevor stand.

Beatrice sagte:

„Hier hast du erstmal deine Ruhe. Es kam übrigens, wie du es mir gestern gesagt hast: Obwohl der Vertrag perfekt vorbereitet war, kam er plötzlich mit irgendwelchen absurden Einwänden, die er dann aber Zug um Zug fallen ließ."

„So kenne ich ihn."

„Immerhin wird er dir zu einem wunderbaren Leben verhelfen."

„Zumindest ab heute."

***

Am Tag vor dem Probespiel fuhr Frank mit Juliette zu ihm nach Hause. Auf der Fahrt berichtete sie ihm, dass ihr Vater zwei Nächte nicht heimgekommen sei, nachdem ihr Verhalten ihn vor den Kopf gestoßen hatte. Sie selbst habe nach dem Disput zwei Stunden zitternd in ihrem Zimmer gesessen. Ihrem Vater gegenüber Widerstand zu leisten, koste sie derart viel Kraft, dass sie nicht wisse, ob sie das noch einmal schaffe. Als er wieder auftauchte, sei er wie umgewandelt gewesen. Er beachtete sie kaum noch, schützte ständig Arbeit und Telefonate vor oder verschwand in seiner Plagiaterie. Ihre Mutter meinte, er scheine allmählich zu verstehen, dass sie kein Kind mehr sei, sie traue dem Frieden aber nicht. Als sie sich am Morgen von ihrem Vater verabschieden wollte, war er bereits aus dem Haus.

Kurz vor Zürich fuhr Frank wie gewohnt bei der Autobahnraststätte Würenlos ab. Im Cafe war sein Zukerman-Tisch besetzt und Juliette wunderte sich über seine ungehaltene Reaktion, bis er ihr von seiner Begegnung mit dem berühmten Geiger erzählte. Sie kannte Zukerman und war begeistert von der Geschichte. Sein damaliges Nachspiel mit der vermeintlichen Isabel ließ er aus. Im Auto legte er eine CD mit Zukermans Einspielung des Violinkonzerts von Brahms ein. Damit fuhren sie bis Bregenz, bis sie schließlich am Nachmittag in Franks Wohnung ankamen.

Auf dem Display seines Telefons sah er, dass Anne mehrmals versucht hatte, ihn zu erreichen. Es schien nicht dringlich zu sein, sonst hätte sie ihn gleich auf dem Handy angerufen. Er zeigte Juliette seine Wohnung, dann zog sie sich ins Musikzimmer zurück, wo sie lange übte, während Frank loszog, um den Kühlschrank aufzufüllen.

Als sie aus dem Musikzimmer kam, roch es in der Wohnung nach Essen.

„Saltimbocca con Strangolapretti!“, verkündete er beim Servieren.

„Italienisch!“

„Passend zu deiner Cremoneser Geige. Und damit du sie morgen alle überzeugst, egal welche Intrigen dort laufen!“

Während des Essens fragte sie ihn nach seinem eigenen Probespiel damals im Orchester.

„Man kannte mich bereits, da ich eine andere Konzertmeisterstelle innehatte. Sie haben mich etliche Male als Aushilfe geholt und es hat eigentlich immer gut geklappt, natürlich war auch Glück dabei. Trotzdem musste ich an dem Tag gut spielen, sonst hätte alles nichts genützt.“

„Dann mache ich das morgen einfach genauso.“

„Gute Idee.“

Nach dem Essen wollte Juliette früh ins Bett. Frank hingegen ging in den Keller und durchsuchte die Kartons, die er ohne das Wissen seiner Schwester aus dem mütterlichen Haus geholt hatte. Er fand belanglosen Kram sowie etliche Umschläge darin, die er alle öffnete. Es waren alte Zeitungsartikel über seine Orchesterkonzerte und die Firma seiner Schwester, sowie Kreuzworträtsel und Ansichtskarten von Mutters Freundinnen.

Im vorletzten Umschlag wurde er fündig. Er hielt einen Einlieferungsschein für eine Sendung von Stoffwaren in der Hand, die bei einer Spedition Jonard in München am 2. Oktober 1936 zum Versand nach Amsterdam aufgegeben wurde. Dann gab es eine Quittung über eine von der Spedition Jonard an die Stoffgroßhandlung Blüthe ausbezahlte Entschädigung, worauf der Vermerk stand: Versicherungsvergütung wg. Verlust der Stoffwarenlieferung vom 2. Oktober 1936. Frank wusste, dass sein Vater vor dem Krieg bei Blüthe gearbeitet hatte. Schließlich fand er einen vergilbten Ausstellungskatalog, der Fotos von sechzehn Gemälden, darunter Mahiers *Bucht von Cassis* sowie eines von Modigliani, enthielt. Auf der Rückseite war Mintzberg vor dem Modigliani stehend abgebildet. Der Ort dieser Ausstellung war eine Villa in München, dessen Hausherr in einem Vorwort dem Galeristen Mintzberg für die Leihgabe dankte. Weiter unten stand der Hinweis, dass zur Besichtigung der Ausstellung eine Voranmeldung nötig sei, da sie in privaten Räumen stattfinde und von 1. Mai bis 30. November 1936 dauerte. Frank nahm die Unterlagen mit in die Wohnung hoch und suchte im Netz nach dem Galeristen Mintzberg in München. Er fand folgenden Eintrag:

Mintzberg, Arthur, Rechtsanwalt und Kunsthändler
geb. 09.02.1898 in München -
1936 nach Italien emigriert -
dort evtl. verstorben -
weitere Daten unbekannt

Auf einer anderen Seite fand er den Hinweis, dass der Galerist Arthur Mintzberg im Zuge des Berufsverbots für jüdische Kunsthändler gezwungen war, seine Sammlung zu veräußern. Diese Versteigerungen seien alle ähnlich abgelaufen. Die Interessenten, allesamt nichtjüdische Galeristen, sprachen sich vor der Versteigerung untereinander ab, wer auf welches Bild steigert, womit die Kunstwerke zum Mindestgebot und damit zu einem skandalös niedrigen Preis ersteigert und die ehemaligen Besitzer um ihr Vermögen gebracht wurden. Auch Mintzberg sei im September 1936 Opfer dieser Enteignungspraxis geworden. Er habe daraufhin München verlassen und sei nach Italien emigriert. Mintzberg habe weder Erben noch Nachfahren, insofern scheint sich jahrzehntelang niemand um den Verbleib seiner ehemaligen Sammlung gekümmert zu haben. Es folgte eine Liste der damals versteigerten Bilder, von denen einige inzwischen wieder aufgetaucht waren. Seltsamerweise war kein einziges dieser Bilder identisch mit den sechzehn Gemälden in dem gefundenen Ausstellungskatalog.

Der Versteigerungstermin hatte am 19. September stattgefunden und am 2. Oktober hatte Mintzberg möglicherweise versucht, noch in seinem Besitz befindliche Bilder außer Landes zu bringen. Dies konnten die Bilder der Ausstellung in jener Villa gewesen sein. Vielleicht waren sie durch den privaten Ausstellungsort der offiziellen Versteigerung entgangen und Mintzberg hatte versucht, zumindest diese ins Ausland zu retten, möglicherweise sogar mit Hilfe seines Vaters als getarnte Stofflieferung? Hatte sein Vater Mintzberg geholfen und als Dank dafür den Mahier erhalten? Die Lieferung war jedoch nie angekommen.

Morgen früh würde er Elisabeth, eine Bekannte, die bei der Stadtverwaltung arbeitete, anrufen, sie konnte ihm sicherlich Informationen über diese Spedition Jonard besorgen.

Am Vormittag fuhr Frank Juliette zum Probespiel. Sie war aufgeregt und blass, aber zuversichtlich. Wieder zu Hause saß Frank mit wachsender Nervosität vor seinem Handy und las ihre eintreffenden Nachrichten.

Wir sind zu zwölft, davon drei Männer. Einer macht sich offensichtlich große Hoffnung, da er der Schüler des Konzertmeisters ist.

Frank schrieb zurück:

Keine Sorge, den Konzertmeister habe ich gerade fünf Tage vertreten, der ist bei den Kollegen nicht sonderlich beliebt. Das ist eine Taktik dieses Angebers, euch nervös zu machen. Versuche möglichst viel allein zu bleiben.

Sie antwortete:

Danke. Du tust mir gut.

Nach zwei Stunden kam wieder eine Nachricht von ihr:

Ich bin in der zweiten Runde, mit dem Angeber und zwei Frauen.

Frank machte sich Sorgen. Hatte er sich wegen des magengeschwächten Konzertmeisters getäuscht? Gab es besonders intrigante Machtspiele oder Absprachen? Dann war es egal, wie die verbliebenen Frauen spielten. Der Angeber konnte es sich dann nur noch durch extrem schlechtes Spiel verderben.

Er versuchte sich zu beruhigen. Der Gedanke, dass Juliette und er bei den zwei großen Orchestern der Stadt spielten und sie erst einmal bei ihm wohnte, fing an, ihm zu gefallen. Auch wenn seine Tochter wohl wenig begeistert sein würde, doch Lisa war sowieso bald in Norddeutschland beim Studieren. Da fielen ihm Annes Anrufe ein. Er wählte ihre Nummer.

„Du hast mich mehrmals angerufen, was wolltest du?"

„Das ist wirklich sehr geschmackvoll von dir, ausgerechnet diese Französin für das Probespiel vorzubereiten."

„Anne, was hast du? Sie wird im besten Fall eine Tuttigeigerin, die dich nicht weiter zu interessieren braucht."

„Frank, mich ärgert das. Es ist nicht fair."

„Wieso denn fair? Gibt es irgendeine Abmachung von der ich nichts weiß? Meinst du etwa unsere Eheversprechen?"

„Nein, natürlich nicht."

Er wurde lauter.

„Was soll das dann? Kann es sein, dass du mir gerade eine Szene machst? Trauerst du uns etwa nach?"

„Das hättest du wohl gern."

„Wieso sollte ich? Ich vermisse weder dich noch deine Mutter. Mein Leben ist angenehmer, ruhiger und vor allem einfacher geworden."

Er schlug einen versöhnlichen Ton an.

„Anne, wie immer das mit Juliette und der Stelle auch ausgeht, wir sollten uns besser um unsere Scheidung kümmern."

„Ach, sehr interessant, kann sie es schon nicht mehr erwarten?"

Ihr zickiger Ton ärgerte ihn.

„Du bist eifersüchtig, unglaublich. Trotzdem will ich die Scheidung. Die Trennung ging ja schließlich von dir aus und wer A sagt, muss auch B sagen."

„Du warst schon mal origineller."

Ihr impulsives Auflegen des Hörers kannte er zur Genüge, gut dass diese Zeit vorbei war.

Er lief nervös in der Wohnung umher, Juliette musste die Nerven behalten. Eine neue SMS: Dritte Runde, Juliette und der Schüler des Konzertmeisters. Sie tat ihm leid. Die Qualen eines Probespiels, es zählte ausschließlich die Tagesleistung, also die fünf Minuten, die über das Weiterkommen entschieden. Hatte man einen schlechten Tag, war es vorbei.

Eine halbe Stunde, eine Stunde verging. Sie hatten sicher schon gespielt, vielleicht wurde jetzt noch endlos im Orchester diskutiert. Kam es zu keinem Konsens, wurde niemand genommen, obwohl es ideale Kandidaten gegeben hatte. Er legte eine Platte von Miles Davis auf, in der Hoffnung, dass die Zeit damit schneller verging. Das Handy lag da, der Akku war voll und der Empfang gut. Aber es tat sich nichts. Einfach warten.

***

Als Beatrice Clementi abends von der Arbeit kam, lag Chiara Giamotto im Bikini auf einer Liege im Garten und las. Beatrice verschwand im Haus und erschien kurz darauf in Freizeitkleidung wieder. Chiara hatte eine zweite Liege für sie aufgeklappt.

„Chiara, ich hoffe, du kannst dich umstellen. Erst dein riesiges Anwesen und nun mein kleiner Garten."

„Es ist wunderbar hier. Allein seine Abwesenheit ist pures Lebensglück."

„Das kenne ich."

Sie lagen in der Abendsonne und dösten vor sich hin. Beatrice hatte tagsüber beschlossen, Chiara in die Angelegenheit mit den Portraits einzuweihen, sie brauchte Informationen von ihr, um weiterzukommen. Irgendwann verschwand sie im Haus, stellte Francescas Gemälde auf den Wohnzimmertisch und rief in den Garten:

„Chiara, ich möchte dich um etwas bitten. Kannst du mal kommen?"

Chiara kam ins Wohnzimmer, warf einen Blick auf das Bild auf und fragte:

„Was hatte er da wieder für eine blöde Idee?"

„Kennst du das Bild?"

„Ja, als Nacktvariation, es hängt über seinem Bett"

„Genau, das ist mir gestern Nacht auch aufgefallen."

„Und das da? Hat er dir das geschenkt? Hast du ihn derart beglückt, dass er nicht sofort eingeschlafen ist, sondern noch großzügig wurde?"

„Klar, er hat mir auch sein Anwesen überschrieben."

„Das trifft sich, die Hälfte gehört eh bald mir!"

Sie lachten.

Beatrice sagte:

„Die Frau auf dem Bild ist meine Oma Francesca."

Daraufhin berichtete sie Chiara von der Geschichte ihrer Großmutter sowie der Widmung auf dem Gemälde und ihrer Recherche nach diesem Mintzberg.

„Und nun taucht plötzlich dieses weitere Portrait auf. Chiara, ich möchte wissen, woher Giamotti es hat. Schließlich ist es Teil meiner Familiengeschichte."

Chiara schüttelte ihren Kopf.

„Unglaublich, deine Großmutter hängt über seinem Bett. Woher er es hat, wird er mir aber sicher nicht verraten. Es wäre das erste Mal, dass er mit einer Frau spricht, die ihn verlassen hat."

„Aber ich muss es wissen."

„Dann frag ihn doch selbst. Du weißt ja inzwischen, wie man von ihm bekommt, was man will."

„Geht es nicht anders?"

„Wir könnten in seinem Haus nach Unterlagen suchen, wenn er nicht da ist. Ich weiß, wo er gewisse Dinge aufbewahrt."

„Aber wird er das nicht vom Personal erfahren?"

„Lass das meine Sorge sein."

Chiara stand auf und ging zum Telefon. Sie musste nicht lange warten.

„Ciao Giorgio, hör mal, ich habe einige wichtige Sachen im Haus liegen lassen. Wann ist Giamotti weg, damit ich sie holen kann?"

Sie lächelte.

„Perfekt, wir kommen nachher."

Dann legte sie auf.

„Er ist auf dem Weg nach Rom."

„Ist auf Giorgios Verschwiegenheit Verlass? Und die anderen?"

„Die anderen haben frei, wenn der Hausherr unterwegs ist. Nur Giorgio hält die Stellung und das kann er gut ..."

Beatrice sah sie fragend an, doch Chiara zuckte lässig mit den Schultern:

„Giorgios Intellekt ist überschaubar. Und ich ahnte immer, dass ich nach dem Auszug einen Verbündeten in der Villa brauche."

„Vor dir muss man ja fast Angst haben."

Chiara lachte:

„Tu nicht so, als seist du heiliger als ich. Also, fahren wir."

Sie zogen sich um und setzten sich ins Auto. Hinter Fiesole begann die Abfahrt nach Florenz bis Beatrice in Giamottis Anwesen einbog und durch die Allee zum Parkplatz fuhr. Giorgio kam aus dem Haus und stockte bei Beatrices Anblick. Chiara sah ihn erheitert an.

„Keine Sorge Giorgio, sie hat ihn nur über meinen Fortgang getröstet. Ich suche einige meiner Unterlagen. Bitte sorge dafür, dass wir ungestört bleiben."

Sie gingen zuerst in Giamottis Schlafzimmer, wo von den Geschehnissen der vergangenen Nacht nichts mehr zu sehen war. Chiara nahm das Portrait der nackten Francesca von der Wand - weder Widmung noch Jahreszahl. Beatrice machte mit ihrer Kamera mehrere Aufnahmen davon. Nun führte Chiara sie in das Arbeitszimmer.

„Ich habe das letzte Jahr viel Zeit hier verbracht um herauszufinden, was er alles besitzt. Viele Dokumente habe ich kopiert, damit er mich bei der Scheidung nicht hintergeht."

Sie nahmen Ordner mit Rechnungen und Quittungen aus dem Regal, fanden aber nichts Interessantes. Beatrice griff nun wahllos nach weiteren Ordnern, während Chiara sich den Schreibtisch vornahm, sie kamen aber beide nicht weiter. Schließlich gingen sie in einen Abstellraum, wo ein großer Schrank voller Akten stand. Doch auch hier gaben sie nach einer Stunde auf.

Chiara bat daraufhin Giorgio, ihnen im Garten etwas zu trinken anzurichten. Es dunkelte bereits, als Chiara vorschlug, noch die Orangerie zu durchsuchen. Beatrice äußerte Bedenken, dass man sie in der Dunkelheit dort möglicherweise sehen könnte. Anders als bei Chiara sei das bei ihr ein Problem, sie hatte schließlich keinen Grund hier zu sein.

„Dann unterhalte dich mit Giorgio und ich gehe alleine."

„Über was soll ich mit ihm reden?"

„Stell dich nicht so an."

Chiara trug Giorgio auf, sich um Signora Clementi zu kümmern, sie habe noch in der Orangerie zu tun. Er sah sie erstaunt an.

„Aber Sie müssen zuerst die Alarmanlage abstellen, sonst steht in fünf Minuten die..."

„... schon klar, Giorgio, ich kenne mich aus."

Als Chiara zurückkam, fand sie die beiden in ein Kartenspiel vertieft. Beatrice blickte ihr entnervt entgegen und fragte, ob sie jetzt endlich gehen könnten. Chiara zwinkerte ihr zu und sie bedankten sich bei Giorgio. Zum Abschied ging Chiara mit ihm ins Haus ohne Licht zu machen. Nach zehn Minuten kam sie ins Auto und meinte fröhlich, sie habe Giorgios Schweigegelübde auffrischen müssen, weil er nicht wollte, dass sie das gefundene Dokument mitnehme. Das habe sie aber rasch klären können. Den Tresor hinter einem der Gemälde hatte sie bislang noch nicht entdeckt und ihr Fund stellte sich als höchst aufschlussreich heraus.

***

Anne saß zu Hause und wartete. Von ihren wenigen Vertrauten im Orchester hatte Anke aus der Bratschengruppe zugesagt, sie über das Probespiel auf dem Laufenden zu halten. Doch Annes Laune sank mit jedem ihrer Anrufe. Ständig war Juliette weiter gekommen, bis nur noch sie und dieser unsympathische Schüler des Konzertmeisters die dritte Runde erreichten. Sie ging in den Keller, wo sie noch eine Flasche Ramazzotti vermutete, der einzige Alkohol in ihrem Haushalt. Erst nach dem dritten Glas auf nüchternen Magen konnte sie der Trostlosigkeit freien Lauf lassen: Ihr Freund Pablo irgendwo in der Pampa von Argentinien, womöglich im Bett mit einer Tangotänzerin, Frank im siebten Himmel mit dieser Juliette, Giamotti die nächsten tausend Jahre ihr Chef und jetzt noch die Aussicht auf einen weiteren Idioten oder gar Franks Französin im Orchester. Sie schenkte sich erneut nach. Positiv war im Moment lediglich der Umstand, dass sich Lisa bei ihrer Oma aufhielt und dieses Elend nicht mitbekam. Erneut klingelte das Telefon.

„Hallo Anne, ein richtiger Krimi ist das hier. Die dritte Runde ergab keine Entscheidung, beide sind gut und es wird diskutiert, als ginge es um den Fortbestand des Orchesters. Gerade ist Pause und ich vermute, sie schicken die beiden ein viertes oder fünftes Mal in die Arena, so lange bis einer abstürzt. Auch wenn du es nicht hören willst, aber ich bin für die Französin und halte sie auch für die Nervenstärkere, denn nur darauf kommt es jetzt noch an."

Anne bedankte sich und trank hastig ein weiteres Glas. Das sah alles nicht gut aus. Sie versuchte, soweit ihr Zustand es noch zuließ, sich darüber klar zu werden, warum diese Juliette ihr derart zusetzte. Die Trennung von Frank vor zwei Jahren war eindeutig von ihr selbst ausgegangen, sie hatte Frank damit sogar überrascht. Letztlich musste sie dieser Juliette dankbar sein, dass sie ihn daraufhin getröstet hat und ihre Postkarte an ihn schrieb. Dennoch spürte sie Ärger und kam nicht weiter. Sie erwog, ihre Mutter anzurufen, die mit ihren einundsiebzig Jahren bei solchen Fragen einen erfrischenden Pragmatismus an den Tag legte und damit meist den Kern eines Problems traf. Überhaupt war ihre altersresistente Verwegenheit der Grund für Lisas häufige Besuche dort. Von ihrer Enkelin war sie hellauf begeistert, Frank hingegen hatte sie nie gemocht: Ihm fehle jeglicher Schwung, worin er ihrer Tochter gleiche. Gegen solche Kränkungen hatte Anne sich schon immer vergeblich gewehrt. Ihrer Mutter hingegen fehlte es nie an Schwung, sie verbreitete mit beängstigender Ausdauer gute Laune, welche ihren Hang zu Chaos und Hektik souverän zu überdecken vermochte. Ihr Vater dagegen wies eine unerschütterliche Ruhe auf, die er selbst als das stille Auge ihres Ehe-Taifuns bezeichnete. Doch seine Kräfte schwanden unter seiner Frau dahin, so dass er mit noch nicht einmal sechzig Jahren verstarb, was ihre Mutter zwar heftig, aber nicht allzu lange traf. Die Zuversicht, mit der sie ihr Witwendasein ausfüllte, ließ ihrer Trauer keinen Raum. Als sie bald darauf wieder einmal den Mangel an Dynamik ihrer Tochter bemängelte, bezeichnete Frank seiner Schwiegermutter gegenüber diese Eigenschaft Annes als lebensverlängernde Maßnahme für ihn als Ehemann. Ihre Mutter überhörte solche Spitzen für gewöhnlich, ihr ging es um den Tumult, nicht ums Rechthaben.

Anne spürte diese mütterliche Urgewalt nur in den besonders hektischen Wochen ihrer Orchesterarbeit und wuchs dann über sich hinaus, was ihr viel Respekt einbrachte. Genau hier zeigten sich die Hindernisse ihrer Ehe. Frank war eher der ruhige Typ, der den Hang, sich von Belastungen freizuhalten, mit bewundernswerter Konsequenz durchhalten konnte, abgesehen von besonders arbeitsreichen Zeiten im Orchester sowie wenig ergiebigen Diskussionen mit Anne. Er genoss das Leben und sah seinem fünfzigsten Geburtstag in vier Jahren zwar nicht mit Begeisterung, aber angesichts seines physischen Zustands durchaus gelassen entgegen. Sie hätte vielleicht versuchen müssen, daheim mehr Ruhe zu finden, doch es kam nie soweit. Im Vergleich mit ihrer Mutter und deren unerschöpflichen Energie kam sie sich nie besonders aktiv vor. Doch der Gegensatz zu Frank war unüberbrückbar. Nicht zuletzt deshalb geriet der letzte gemeinsame Urlaub in Spanien zum Desaster.

Neben der halb leeren Ramazzottiflasche, die Anne im Blick hatte, schien immer wieder eine zweite zu stehen, bis ein Blinzeln diesen Effekt wieder verscheuchte.

Sie vermisste Frank in diesem Augenblick, doch er war verloren. Es gab keinen Neuanfang, nach einer Woche wäre es so wie zuvor. Was wollte sie also? Das Läuten des Telefons riss sie aus ihren Gedanken. Erneut Anke.

„Vierte Runde. Das Orchester steht kurz vor einer Spaltung, die Musikwelt bebt, aber noch sind keine Toten zu beklagen. In der fünften Runde wird Blut fließen. Ich melde mich wieder!"

Anke hatte aufgelegt, bevor sie auch nur ein Wort hatte sagen können. Aber was hätte sie auch sagen sollen? Dass ihre Frustration bereits die Ausmaße einer Wagner-Oper erreichte? Dass sie auf dem besten Wege war, die erste Alkoholvergiftung ihres Lebens zu riskieren? Nein. Sie musste ihre Mutter anrufen. Jetzt. Sie tippte auf die Kurzwahltaste.

„Beckmann."

Als sie die Stimme ihrer Mutter hörte, wusste sie sofort, dass sie einen Fehler begangen hatte. Doch Auflegen nützte nichts, sie würde zurückrufen dank dieser bescheuerten Rufnummernübertragung, die sie an ihrem Telefon regelmäßig deaktivierte, was Lisa jedes Mal aber wieder rückgängig machte, damit ihre Freunde sahen, wenn sie angerufen hatte.

„Anne, was willst du? Hast du die Sprache verloren?"

„Hallo Mutter. Ich wollte dich was fragen."

„Bist du betrunken?"

„Nein, wie kommst du darauf?"

„Du hörst dich so an."

Zum ersten Mal in ihrem Leben verstand sie, wie Frank es wohl ergangen war, wenn sie kraftvoll von der Arbeit nach Hause kam und ihn damit erschlug, wie er es immer genannt hatte. Nichts anderes passierte im Augenblick mit ihr und ihrer Mutter, in deren Stimme mehr Kraft zu hören war, als sie jemals haben würde.

„Wann kommt Lisa zurück?"

„Deshalb rufst du an? Du musst wirklich betrunken sein. Pass auf, Alkohol spornt die Mutterhormone an und wirft dich um zweihundert Jahre zurück, als wir Frauen lediglich Gebärmaschinen waren."

Ihre Mutter war seit der Erstausgabe treue Abonnentin der *Emma.*

„Ist gut Mutter, ich lege jetzt auf, 1806 ist das Telefon ja noch gar nicht erfunden."

Erstaunt unterbrach Anne die Verbindung, Humor war für sie normalerweise ein Fremdwort. Sie ärgerte sich über den Anruf bei ihrer Mutter, als könnte sie einfache Hilfe von ihr erwarten. Dazu mussten im Normalfall alle möglichen Umstände zusammen passen und selbst bei günstigster Konstellation aller Voraussetzungen konnte alles an irgendeiner Kleinigkeit scheitern. Das Telefon läutete. Mutter. Anne nahm ab und fing sofort an zu sprechen:

„Entschuldige, aber hier ist kein Telefon. Was ist das überhaupt, ein Telefon?"

Dann legte sie wieder auf. Ein kleiner Triumph. Ein Telefonat mit ihrer Mutter, in dem diese nicht zu Wort kam, nicht mal ein Räuspern, nichts. Klasse, ein Grund zum Feiern. Sie füllte Ramazzotti nach und trank das Glas leer. Jetzt war ihre Mutter beleidigt. Selbst wenn sie in echter Sorge um ihre Tochter gewesen wäre, verbot ihr der Stolz jeden weiteren Anruf. In zwei oder drei Tagen würde sie dann auftauchen und einen Tumult ganz nach ihrem Geschmack veranstalten. Danach würde man richtig gut mit ihr reden können, nach einem Gewitter war sie die Herzlichkeit in Person.

Ihr Handy fing an zu brummen. Anne ahnte was kam.

Mama, muss man sich Sorgen machen?

Anne schrieb zurück.

Nein, mein Liebes, alles in Ordnung.

Wieder läutete das Telefon, im Display stand ANKE.

„Stell dir vor, der Held hat geschwächelt, ist abgestürzt und liegt von den Löwen zerfetzt in der Arena. Eine neue Epoche der Musikgeschichte lässt die Fundamente dieser Welt erbeben: Wir haben eine neue Tuttigeigerin."

Anne konnte nicht glauben, was sie hörte.

„Wirklich Anne, diese Jeanne d'Arc hat die Stelle verdient, auch wenn du sie nicht magst. Warum überhaupt?"

In Annes Kopf drehte sich alles. Sie musste ins Bett, der Alkohol brachte sie um.

„Tausend Dank Anke! Ein anderes Mal, in Ordnung?"

Sie legte auf, steckte das Telefon aus und wankte ins Bad. Als sie kurze Zeit später im Bett lag, fiel ihr verschleierter Blick auf den Wecker. Erst halb sieben, früher Abend. Egal. Sie wollte nur noch schlafen.

***

Frank musste am Tag des Probespiels noch über zwei Stunden auf eine SMS warten, dann holte er Juliette ab und sie feierten den Erfolg mit einer Flasche Champagner und einem Essen, das Frank vorbereitet hatte. Juliette hatte fünf Runden lang souverän gespielt, was auf fingerdicke Nervenstränge schließen ließ.

„Nach der dritten Runde hatte ich eigentlich aufgegeben. Ich dachte, sie wollen nur ihn und warten darauf, dass ich patze. Mit dieser Einsicht habe ich in der vierten Runde dann auf volles Risiko gespielt, was leichtsinnig war, aber es ging gut und kam offensichtlich an. Beim letzten Stück mussten ihm dann die Nerven durchgegangen sein, was ich hörte, hatte er bei den leisen Tönen deutliche Aussetzer mit dem Bogen."

Frank lobte sie in den Himmel und Juliette blühte immer mehr auf.

Sie gingen spät ins Bett und lagen hellwach nebeneinander.

„Juliette, willst du erstmal bei mir wohnen? Vielleicht auch länger?"

Sie richtete sich auf.

„Ab wann?"

„Sofort."

Sie strahlte ihn an, holte ein rotes Seidentuch und hängte es über den Schirm der Nachttischlampe. Dann ließ sie ihr schwarzes Top auf den Boden gleiten und legte sich zurück zu ihm ins Bett. Lange danach schliefen sie in einer engen Umarmung ein.

Am Morgen war sie bereits geduscht, als er mit einer Tüte vom Bäcker seine Wohnung betrat. Nach dem Frühstück fuhren sie nach Evian zurück, wo sie ihren Umzug organisieren wollten.

Hinter Zürich bat sie ihn, in Würenlos an seinem Pinchas-Zukermann-Platz eine Kleinigkeit zu essen. Der Tisch war tatsächlich frei, sie setzten sich und Juliette sagte:
„Das ist ab jetzt mein Frank-Beckmann-Platz."

Auf der Fahrt nach Evian steckte ihre gute Laune ihn an, er erlebte sie ungewohnt ausgeglichen und entspannt. Am Abend gab es ein Essen in der Jouardschen Villa. Obwohl Frank keine sonderliche Lust auf einen Abend mit ihren Eltern verspürte, konnte sie ihn umstimmen. Juliette fühlte sich angesichts ihres Erfolgs so beschwingt, dass er sie nicht enttäuschen wollte.

Ihr Vater begrüßte ihn zwar kühl, doch bei Tisch erzählte er Frank permanent von seiner Arbeit an den Jean Tinguely-Plagiaten. Seine Frau versuchte mehrmals auf ein anderes Thema zu wechseln, doch Jouard ließ sich nicht beirren und berichtete von einem Kunden aus St. Gingolph, der den berühmten Stravinsky-Brunnen am Pariser Centre Pompidou in seinem Garten nachgebaut haben wollte. Dort habe er seiner Frau einen Heiratsantrag gemacht und wolle ihr dies zum 30. Hochzeitstag schenken.

„Doch das würde bedeuten, dass ich auch die bunten Figuren dieser Saint-Phalle liefern müsste, was mein Können eindeutig übersteigt. Ich sagte ihm, wenn er jemanden fände, der die Figuren nachbaut, würde ich es machen. Drei Wochen später rief er mich an und sagte, eine Bildhauerin aus Grenoble habe ihm zugesagt. Der Hochzeitstag ist in knapp zwei Jahren und der Auftrag läuft."

„Herbert, ich glaube, Monsieur Beckmann ist nicht an jedem Detail deines Hobbys interessiert."

Madame Jouards Stimme klang gereizt. Er warf seiner Frau einen ärgerlichen Blick zu und wandte sich an Frank.

„Langweile ich Sie etwa? Sagen Sie es ruhig."

„Es ist interessant was Sie machen, wirklich, aber sollten wir uns nicht auch Juliettes gestrigem Erfolg zuwenden?"

„Seien Sie vorsichtig mit solchen Sätzen."

Jouard blickte Frank abschätzig an.
„Denn alles vor dem *aber* ist grundsätzlich gelogen."
Seine Frau wurde laut.
„Herbert, es reicht jetzt. Deine alten Sprüche will keiner mehr hören."
Ehe ihr Mann etwas erwidern konnte, begann sie Juliette detailliert über das Probespiel auszufragen. Verstimmt hörte Jouard seiner Tochter zu und stand nach ihrer Bemerkung, dass sie bei Frank einziehen werde, auf und verließ wortlos den Raum, was seine Frau mit den Worten kommentierte:
„Das ist das erste Mal, dass es anders läuft als er will."
Juliette warf ein:
„Aber deswegen kann er sich doch wenigstens von Frank verabschieden."
„Nein, das kann er nicht."
Als Juliette das erste Mal gähnte, nahm Frank dies zum Anlass, ein Taxi zu rufen, das ihn zum Hotel fuhr. Juliette übernachtete auf Drängen ihrer Mutter nur widerwillig im Elternhaus.

Am nächsten Tag rief Juliette ihn im Hotel an.
„Ich möchte dir als Dank für deinen Unterricht etwas Besonderes zeigen. Mein Vater ist zu dieser Bildhauerin nach Grenoble gefahren und bleibt dort über Nacht. Deine eventuelle Sorge, dass er dich im Falle seiner unerwarteten Heimkehr erschießen könnte, ist unbegründet."
„Und deine Mutter?"
„Sie ist den ganzen Tag bei einer Freundin."
„Hat diese Freundin zufällig eine Edelboutique in Evian und trägt knallig gelbe Kleider?"
„Woher weißt du das?"
„Evian ist klein."

„Wem sagst du das. Auf jeden Fall haben wir das Haus für uns alleine und ich zeige dir die Gemäldesammlung meines Vaters. Ich weiß, wo er die Schlüssel versteckt hält, denn er darf nichts davon erfahren."

„Ist die Sammlung so geheim?"

„Er sagt immer, je weniger Leute davon wissen, umso weniger muss er einen Einbruch befürchten."

„Was sich nach meiner Besichtigung natürlich ändern wird."

Sie änderte ihren Tonfall und flüsterte:

„Also, wann kommst du?"

„Bald."

„Ich liege nackt in der Badewanne ..."

„Gut, dann sofort."

Nachdem Juliette sich vergewissert hatte, dass der Gärtner nach seinen morgendlichen Tätigkeiten das Anwesen verlassen hatte, gingen sie in den Keller. Hinter der schweren Feuerschutztüre befand sich eine weitere Türe, die zum Öffnen zwei Schlüssel benötigte. Einen hatte Juliette bereits bei sich, der andere lag versteckt in einem Safe, dessen Code sie kannte. Sie platzierte beide Schlüssel und drehte an einem Rad wie bei einem Tresorschrank. Daraufhin öffnete sich die Türe und sie betraten einen fensterlosen Raum. Juliette machte Licht, die Bilder waren perfekt ausgeleuchtet wie in einer modernen Galerie. Frank betrachtete die Gemälde. Beim dritten Bild hielt er inne, auch das nächste kam ihm bekannt vor und spätestens bei dem Modigliani stockte ihm der Atem. Da hingen Bilder aus der Mintzbergschen Ausstellung.

Juliette beobachtete ihn.

„Ich wollte dir eine Freude bereiten, stattdessen wirst du blass."

„Solche Meisterwerke hätte ich einfach nicht erwartet. Das ist eine wahre Schatzkammer."

„Mir wäre es trotzdem lieber, er würde Stradivaris sammeln."

Das wäre Frank in diesem Augenblick auch lieber gewesen. Er versuchte seine Erregung zu verbergen.

„Wirft das Immobiliengeschäft derart viel Gewinn ab, dass er sich so eine Sammlung leisten kann?"

„Kann sein, aber die Bilder hat er von seinem Vater geerbt und der war schon reich, als er aus Deutschland hierher kam, um meine Oma zu heiraten, die in Evian lebte. Ich habe Opa Paul nicht mehr kennengelernt, er ist kurz vor meiner Geburt gestorben."

„Hatte dein Opa vielleicht eine Spedition in München?"

Sie sah ihn überrascht an.

„Das stimmt, aber woher weißt du das?"

Er wollte sie noch nicht vollständig einweihen und sagte deshalb:

„Ich vermute, mein Vater hatte vor dem Krieg beruflich mit ihm zu tun, er arbeitete bei einem Münchener Großhandel. Irgendwie kam mir deine Geschichte bekannt vor."

Sie zuckte mit den Schultern.

„Opa Paul hat damals in Deutschland alles aufgegeben, um meine französische Großmutter zu heiraten und sich hier niederzulassen. Oma ist es auch gewesen, die auf die Namensänderung bei der Heirat hingewirkt hat, weil sie einen französischen Ehenamen haben wollte. Es sei nicht schwierig gewesen, aus dem „n" ein „u" zu machen. Sonst würde ich *Jonard* heißen. Schau dir die Sammlung an, solange du willst. Ich habe jetzt Zeit, das ständige Üben ist ja erstmal vorbei."

Er war erleichtert, dass sie nicht weiter nachhakte, holte sein Handy hervor und fragte:

„Darf ich Fotos machen?"

„Solange mein Vater dadurch nicht erfährt, dass du hier unten warst, ist es mir egal."

Er fotografierte die betreffenden Bilder, dann verließen sie den Raum und Juliette legte beide Schlüssel wieder an ihren Platz. Den Tag verbrachten sie im Park und im Garten. Als die Nachmittagshitze zunahm, kühlten sie sich im Swimmingpool ab. Am Abend verschwand Juliette in der Küche, während Frank ein wenig schlief. Sie überraschte ihn mit einem Essen, dass genauso hervorragend war wie der Wein dazu.

„Das Fehlen der Flasche wird Papa sofort bemerken, das ist mir aber egal. Übrigens kannst du hier schlafen, Mutter bleibt oft über Nacht bei ihrer Freundin. Außerdem hat sie sicher nichts dagegen."

Mitten in der Nacht erwachte Frank von Geräuschen im Haus. Juliette lag neben ihm und schlief. Er stand auf und öffnete vorsichtig die Zimmertüre. Im Treppenhaus brannte Licht und aus dem Erdgeschoss waren zwei Frauenstimmen zu hören. Er sah Madame Jouard und ihre Freundin die Treppe hoch kommen. Nachdem es wieder still wurde, warf er nochmals einen Blick in den Gang. Alles lag im Dunkeln, lediglich unter der Tür zum Schlafzimmer der Jouards schimmerte Licht hervor. Er dachte an die vertraute Geste, mit der die beiden Frauen sich vor dem Hotel Savoy verabschiedet hatten und nun schienen sie in einem Bett zu schlafen. Seine Anwesenheit würde die beiden Damen am nächsten Morgen überraschen.

Die Situation erheiterte ihn. Sollte er etwa wie früher aus einem fremden Haus schleichen, um unentdeckt zu bleiben? Er weckte Juliette und erklärte ihr die Lage. Schlaftrunken murmelte sie:

„Wenn jemand aus dem Haus muss, dann Sandrine."

Sie zog ihn nah zu sich heran und schlief augenblicklich wieder ein.

Beim Frühstück fehlte Sandrine. Juliettes Mutter akzeptierte Franks Anwesenheit zwar, ließ ihn ihre schlechte Laune aber deutlich spüren. Später sprach er Juliette auf die Geschehnisse in der Nacht an.

„Na und? Sandrine ist Mutters beste Freundin, ist doch normal, wenn sie in einem Zimmer schlafen. Erst nachdem sie heute früh bemerkt haben, dass du hier bist, hat Sandrine das Haus verlassen."

„Aber weshalb, wenn sie nichts zu verbergen haben?"

„Die Ehe meiner Eltern ist nicht mehr so toll. Mutter ist ihre Freundschaft zu Sandrine heilig, weder Vater noch sonst jemand muss groß davon wissen."

Am späten Vormittag fuhr Frank alleine zurück nach Deutschland, da Juliette samt ihren Umzugskartons zwei Tage später mit einem Mietwagen nachkommen würde.

Zurück in seiner Wohnung, rief er bei seiner Bekannten Elisabeth wegen der erbetenen Nachforschungen an. Sie gab bereitwillig Auskunft.

„Ich war im Archiv des Gewerbeamtes, der dortige Leiter war früher mal ein Verehrer von mir, ihm damals zu widerstehen, war allerdings kein Fehler."

„Warum?"

„Er wiegt inzwischen fünfzig Kilo mehr!", lachte sie schallend ins Telefon und kam dann zur Sache.

„Die Spedition Jonard hat im März 1950 ihr Gewerbe abgemeldet. Dieser Paul Jonard hat sie verkauft, da kurz darauf eine Spedition Müller & Söhne unter der gleichen Adresse das Gewerbe neu angemeldet hat. Paul Jonard selbst hat im April 1950 seinen Wohnsitz hier abgemeldet und ist ins Ausland verzogen. Mehr habe ich leider nicht gefunden. Reicht dir das?"

„Du bist ein Schatz! Vielen Dank! Im Herbst spielen wir die Beethoven-Sinfonien, zu welcher darf ich dich einladen?"

„Zur Fünften bitte."

„Ich schicke dir die Karte zu."

Dies war die Bestätigung dessen, was Juliette ihm bereits erzählt hatte. Je länger er grübelte, umso naheliegender war der Verdacht, dass diese ominöse Stofflieferung jene Bilder der privaten Ausstellung von Mintzberg beinhaltete, welche dieser nach Amsterdam und damit in Sicherheit bringen wollte, bevor auch sie konfisziert und zu einem Spottpreis versteigert wurden. Doch welche Rolle spielte dabei sein Vater und welche der Spediteur Paul Jonard?

Er suchte im Netz nach einem Forum, wo es um Kunstraub während der Nazizeit ging und wurde fündig. Er war erstaunt, wer da alles weltweit miteinander kommunizierte. Nach längerer Suche stieß er dann auf eine Userin aus Italien, die sich ebenfalls mit Mintzberg beschäftigte und von einem *Italienischen Akt* berichtete, der mit dem gleichnamigen Bild aus der Mintzbergschen Liste identisch sein konnte. Er nahm Kontakt zu der Userin auf mit der Bitte, ihm ein Foto dieses *Italienischen Akts* zu mailen.

***

Beatrice Clementi betrachtete das Dokument aus dem Safe in Giamottis Orangerie, dessen Inhalt Chiara ihr auf der Fahrt vorgelesen hatte. Es ging darin um eine Vereinbarung Giamottis aus dem Jahr 1985 mit einem gewissen Herbert Jouard aus Evian, dessen Immobilien-Homepage Beatrice sofort recherchiert hatte. Von Chiara wusste sie, dass Giamotti zu dieser Zeit Chefdirigent des Orchestre de la Suisse Romande in Genf gewesen war. So konnte er Jouard vermögende Kunden für seine Immobilienagentur vermitteln, wofür er als Gegenleistung ein Bild erhielt, dessen Titel er handschriftlich auf dem gefundenen Schriftstück vermerkt hatte: *Italienischer Akt*. Chiara meinte, es sei typisch für Giamotti, nichts wegzuwerfen. Sein Hadern mit dem Umstand, dass zu viele Originalhandschriften seiner vergötterten Komponisten nicht mehr existierten, stärkten seinen Vorsatz, sein eigenes Leben vollständig in Dokumenten zu hinterlassen. Wie er das mit seinen tausend Frauen dokumentierte, wolle sie lieber nicht wissen.

Beatrice bemühte mehrere Suchmaschinen. Sie gab *Mintzberg* und *Italienischer Akt* ein, was sie über mehrere Treffer zu einem Forum führte, in dem es um Kunstwerke ging, die während der Nazizeit den Besitzern gestohlen, per Enteignung genommen oder zu Preisen weit unter ihrem Wert abgekauft worden waren. Sie schrieb über ihr Pedant des Aktgemäldes und kam bald in Kontakt zu einem deutschen User, welcher ähnliche Zusammenhänge zu entwirren suchte.

Über ihn erfuhr sie, dass es einen Ausstellungskatalog mit Gemälden aus der Sammlung Mintzberg gab, zu der neben dem Mahier in Giamottis Orangerie auch ein *Italienischer Akt* zählte. Beatrice mailte ihm ein Foto des Bildes und berichtete ihm von der Vereinbarung zwischen Giamotti und Jouard.

***

Juliette folgte Frank nach zwei Tagen in dessen Wohnung. Ihre Mutter hatte einen Fahrer für sie organisiert, der nun ihr Gepäck hoch schleppte, bis sein Musikzimmer vollgestellt war. Sie fragte ihn nach einem Kleiderschrank und fiel aus allen Wolken, weil er nur zwei Fächer für sie geleert hatte.

„Das reicht gerade mal für meine Unterwäsche. Mehr scheint dich an mir ja nicht zu interessieren."

„Ich habe gestern die Wohnung über mir dazu gekauft, morgen brechen sie die Decke durch, dann hast du Platz."

Sie schenkte ihm ein wunderbares Lächeln und sah sich um.

„Darf ich was vorschlagen? Wir müssen unsere Winterkleidung im Keller aufbewahren, ich hoffe du hast dort große Schränke?"

Am nächsten Tag gingen sie Schränke kaufen, die er im Keller aufbaute, während Juliette auspackte und dann etliche Kartons mit Winterkleidung in den Keller trug.

„Im Winter muss alles hoch und das Sommerzeug muss runter. Das hält dich fit."

„Du ersparst mir damit die Seniorensportgruppe."

Sie umarmte ihn kurz und setzte dann ihre Räumungsaktion fort. Gegen Nachmittag war sie fertig damit, dann duschte sie und setzte sich sichtlich zufrieden zu ihm an den Esstisch, wo er Kaffee und Gebäck angerichtet hatte.

„Juliette, ich muss dich etwas fragen:"

„Du schaust so ernst, worum geht es denn?"

„Um deine Familie."

Sie lächelte:

„Gibt es Hindernisse für unsere Hochzeit nächste Woche?"

„Aber ich bin doch noch verheiratet."

„Ach, das hatte ich völlig vergessen."

„Nein Juliette, es geht um etwas Ernstes - eure Gemäldesammlung."

„Was ist damit?“

„Ich habe doch bei Giamotti dieses Gemälde entdeckt.“

„Du meinst dieses Bild, dass du aus deiner Kindheit kennst?“

„Genau. Ich bin mir inzwischen sicher, dass es früher in meinem Elternhaus hing und fand nun im Nachlass meiner Mutter einige Dokumente. Zusammen mit eurer Gemäldesammlung in Evian ergeben sich nun etliche Fragen. Ich hatte ja bereits vermutet, dass mein Vater und dein Großvater geschäftliche Beziehungen hatten. Und nun habe ich einen vagen Verdacht, der die beiden betrifft. Es ist nur eine Annahme, vergiss das nicht.“

Er berichtete ihr von der verschwundenen Stofflieferung, von der Spedition Jonard und seinem Vater, von Mintzberg und seiner Bilderliste jener privaten Ausstellung, von den Umständen jüdischer Kunsthändler in dieser Zeit und schließlich seinem Verdacht wegen der vier Mintzberg-Gemälde in der Galerie ihres Vaters.

Sie war blass geworden und dachte lange nach.

„Kann ich diese Dokumente mal sehen?“

Er zeigte sie ihr.

„Wieso hieß dein Vater *Beck*?“, fragte sie ihn.

„Weil ich bei der Heirat den Namen von Anne angenommen habe.“

Sie sah ihn verblüfft an.

„Auf was für Ideen deutsche Männer kommen!“

„Das war der Preis für Annes Verzicht auf eine Karriere als Pianistin.“

„Und auf was für noch seltsamere Ideen deutsche Frauen kommen!“

„Deine Oma hatte doch eine ähnliche Idee mit ihrem Ehenamen.“

Juliette musste ihm Recht geben. Er sagte:

„Es tut mir leid, dir deine Hochstimmung wegen des Probespiels zu verderben. Aber hätte ich dir diese offenen Fragen verschweigen sollen?“

„Nein, natürlich nicht. Aber wie geht es jetzt weiter?"

„Wir sollten wissen, was damals geschah. Waren die Bilder von Mintzberg tatsächlich Inhalt der verschwundenen Stofflieferung? Von den fünfzehn Bildern jener Ausstellung hängen vier bei deinem Vater und zwei bei Giamotti, nämlich der *Italienische Akt* und der von meinen Eltern verschwundene Mahier. Den Akt hat Giamotti von deinem Vater bekommen, das habe ich in einem Internetforum von einer Enkelin der abgebildeten Italienerin erfahren. Das bedeutet aber nicht, dass dein Vater von der Herkunft der Bilder etwas weiß."

„Ich müsste ihn fragen. Aber stell dir vor, da wäre tatsächlich was dran, was würde er sagen? Mich anlügen? Aber weiß er überhaupt davon? Ach, ich ahne schon, er wird mich für verrückt erklären, ich brauche ihn gar nicht zu fragen."

Sie verfielen in Schweigen. Dass ihr Vater Kontakt zu Giamotti gehabt hatte, verblüffte sie, schließlich würde dieser ihr Chef werden. Irgendwann lehnte sie ihren Kopf an Franks Schulter und nahm seine Hand. Er war erleichtert. Sie hätte auch anders reagieren können.

***

Anne erwachte aus einem unguten Traum. Wie gerädert stand sie auf und schleppte sich in die Küche, wo sie starken Kaffee aufsetzte und eine Tablette gegen ihren pochenden Kopfschmerz nahm. Im Wohnzimmer stieß sie auf die Ramazzottiflasche, die zu zwei Drittel leer war. Mit Mühe konnte sie den Alkoholgehalt entziffern, der ihren miserablen Zustand erklärte. Langsam trank sie den Kaffee und legte sich dann wieder ins Bett. Sie hatte zwölf Stunden durchgeschlafen, doch vermutlich durfte sich währenddessen nichts gebessert haben: Diese Juliette würde in einigen Wochen im Orchester sitzen, während Frank ein Verhältnis mit ihr hatte, Giamotti würde immer noch ihr Chef sein, Pablo dürfte dem Bett der Tangotänzerin entstiegen und zur Arbeit gefahren sein und ihre Mutter würde bald vor der Tür stehen. Von all diesen Schrecklichkeiten war nur Letztere zu ertragen.

Die Tablette begann zu wirken und nach dem Duschen fühlte sie sich besser. Sie rief im Büro an, dass sie einige Überstunden der Tournee abbauen wollte.

Das letzte Telefonat mit Frank beschäftigte sie noch immer. Kaum war diese Französin da, hatte er es eilig mit der Scheidung. Dies war ähnlich durchschaubar wie der Stich, den sie bei seinen Worten verspürt hatte. Ein frustrierender Stich. Unvermittelt fiel ihr Blick auf die Flasche vom Vorabend, doch sie rief sich zur Vernunft und frühstückte stattdessen. Um halb neun läutete es. Endlich, ihre Mutter, zum Glück ohne Lisa.

Sie kam sofort zur Sache:

„Anne, was war das gestern? Du warst völlig betrunken, ein ermutigendes Zeichen von Lebendigkeit! Deinen Unsinn mit dem Telefon lasse ich mal unerwähnt. Was ist los?"

Anne sah ihre Mutter milde an. Ihre Eröffnung klang vielversprechend.

„Frank hat eine Freundin, jung, schön und französisch ..."

„... typisch ..."

„... und sie spielte gestern so gut, dass sie bald im Orchester anfängt."
„In seinem?"
„Nein, in meinem."
„Das ist besser, dann hast du sie im Auge."
„Ich will sie weder im Auge noch im Orchester haben."
„Anne, soll das heißen, dass du Frank wieder haben willst?"
„Eben, das weiß ich nicht."
„Schlage dir das aus dem Kopf, solange er diese Französin bespringt."
Ihre Mutter kam in Fahrt.
„Er will sofort die Scheidung!"
„Das ist nebensächlich. Durch diese Frau fühlt Frank sich als junger Wilder, mal sehen, wie lange er das durchhält mit seinen sechsundvierzig Jahren. Inzwischen kannst du idiotische Rückholaktionen austüfteln oder ihm nachlaufen wie ein hirnloses Schaf. So wird sich das bald geben."
„Was wird sich geben?"
„Dass du ihn zurück haben willst, wovon ich dir im Übrigen dringend abrate. Aber das brauche ich ja nicht zu erwähnen."
„Hast du ja auch nicht."
„Eben."
„Eben."
Sie sahen sich in die Augen und mussten dann beide lachen. Anne spürte die Zuneigung, die sich zwar selten, aber wenn es soweit kam, umso intensiver zwischen ihnen einstellte. Ihre Mutter sagte:
„Lisa jedenfalls hat euch noch nicht aufgegeben."
„Aber sie weiß doch von Pablo."
„Lisa nennt ihn deinen Lebensabschnittstorrero."
„Da liegt sie wohl richtig."
„Wo ist er überhaupt?"
„In Argentinien."
„Oje, ausgerechnet er."
„Wenn ich an ihn denke, sehe ich ihn immer ..."

„... auf einer Tangoschlampe?“

„Genau.“

„Es scheint, da beginnt bei meiner Tochter mal wieder ein neuer Lebensabschnitt?“

„Ich befürchte ja.“

„Gut so, hast du Sekt im Haus?“

„Ich befürchte nein.“

***

Das Gespräch mit Frank hatte Juliette noch lange beschäftigt. Nach einer schlaflosen Nacht, in der sie mit sich rang, ob sie ihren Vater anrufen sollte, hatte sie schließlich beschlossen, es zu tun. Sie konnte den Verdacht nicht einfach ignorieren, andererseits wollte sie eigentlich nichts davon wissen. Sie hatte eben ein Probespiel gewonnen und freute sich auf ihren Arbeitsbeginn im Orchester.

Am späten Vormittag zog sie sich mit dem Telefon ins Schlafzimmer zurück. Zuerst sprach sie mit ihrer Mutter und berichtete ihr ausführlich. Auch sie schien das erste Mal von der ungewissen Herkunft jener Bilder zu hören. Dass Paul Jouard, ihr Schwiegervater, eine Spedition in Deutschland besaß und damit ein Vermögen gemacht hatte, wusste sie ebenso wie die Anekdote von dessen Frau und ihrem Anliegen wegen seines Namens. Bekannt war ihrer Mutter auch, dass ihr Mann sein Immobilienbüro durch vielfältige Beziehungen, wie jene zu dem Dirigenten Giamotti, ins Laufen gebracht habe. Dass dieser ein Bild dafür erhalten habe, war ihr neu, schien sie aber nicht zu verwundern, da er zu jener Zeit immer wieder Bilder zu Geld gemacht hatte, um das Kapital für sein Geschäft aufzustocken. Großvater des Diebstahls der Bilder zu verdächtigen, sei ein schwerwiegender Vorwurf und Juliette solle es sich gut überlegen, ob sie ihren Vater damit konfrontieren wolle. Er sei derzeit ohnehin nicht gut auf sie zu sprechen. Ob er ihr die Wahrheit sage, sei wieder eine andere Frage. Sollte Großvater nie ein Wort über die Herkunft der Gemäldesammlung gegenüber seinem Sohn geäußert haben, könne dieser auch nichts davon wissen. Juliette entgegnete ihr, dass doch auch Vater daran interessiert sein müsste, die Wahrheit zu erfahren.

„Juliette, dein Verdacht bezieht sich auf etwas, was siebzig Jahre her ist. Kein Mensch hat sich bislang darum gekümmert, niemand hat nachgefragt."

„Es geschah nichts, weil dieser Mintzberg keine Erben hatte."

„Ich bin in Sorge, dass das viel unnötigen Ärger mit sich bringt, wo gerade alles anfing, einen guten Verlauf zu nehmen."

„Ich will einfach wissen, was mit den Bildern ist."

„Wenn du sie erbst, kannst du tun, was du willst. Aber lass deinen Vater damit in Ruhe."

„Ich will mit ihm reden, bitte verbinde mich jetzt weiter."

„Ich kann es dir nicht verbieten, aber wie ich ihn kenne, wird er nicht bereit sein, darüber zu reden."

Dann kam die Melodie der Warteschleife, sie wusste gar nicht, dass sie zu Hause so etwas hatten.

Sie hörte, wie erstaunt ihr Vater über den Anruf war, gleichzeitig gab er sich unverändert kühl. Sie holte tief Luft.

„Durch etliche Zufälle habe ich von etwas erfahren, worüber ich mit dir reden will, Mutter hat mir nicht weiter helfen können. Opa Paul war doch Deutscher und hatte eine Spedition, ja?"

„Das sind uralte Geschichten."

„Es ist immerhin unsere Familiengeschichte."

„Gehst du jetzt unter die Historiker? Soll ich dir etwa ein weiteres Studium finanzieren?"

„Was ist denn so schlimm daran, ein paar Auskünfte von dir zu wollen?"

Er schwieg, was sie als gutes Zeichen deutete.

„Also, ich vermute, dass ein jüdischer Kunsthändler namens Arthur Mintzberg 1936 versucht hat, mit Großvaters Spedition seine Gemäldesammlung ins Ausland zu retten, doch die Lieferung verschwand."

„Wie kommst du auf solche Behauptungen?"

„Das tut nichts zur Sache. Es wäre hilfreich, wenn du mich aufklären würdest, denn Frank ist mit seinen Recherchen schon ziemlich weit und seine Ergebnisse werfen kein gutes Licht auf Großvater."

„Was geht diesen Geigenlehrer unsere Familiengeschichte an?“

„Opa lebte im Hitler-Deutschland. Da gibt es immer Aufklärungsbedarf.“

„Und dieser Beckmann hetzt dich mit seinem unverschämten Generalverdacht gegen mich auf.“

„Keine Sorge, ich lasse mich von ihm weder aufhetzen noch sonst wie benutzen, es interessiert mich einfach, was damals war. Wenn ich es weiß, geht es mir vielleicht besser.“

Er schien mit sich zu ringen.

„Also gut, bevor dieser Beckmann ungehindert seine Lügen über uns verbreitet ... schließlich haben wir nichts zu verbergen.“

Er hielt kurz inne.

„Opa Paul hat mir seine Geschichte oft genug erzählt, wenngleich es sich völlig anders abgespielt hat, als dieser Beckmann es vermutet. Mein Vater hatte diese Spedition in Deutschland und er kannte auch Mintzberg, den Kunsthändler, von dem er einen Teil seiner Sammlung erwarb. Bevor du jetzt kritische Fragen stellst: Ja, Vater hat seine Sammlung weit unter deren vermutlichen Wert gekauft. Mintzberg brauchte Geld, um aus Deutschland zu fliehen und Vater half ihm mit dem Kauf, so hatten beide ihren Nutzen. Das waren die Zeiten damals, als Jude hattest du die denkbar schlechteste Position. So erwarb Vater die Sammlung, von der übrigens nur noch vier Bilder im Keller sind. Die anderen sind verkauft, was neben dem Erlös für die Spedition die Grundlage unseres Wohlstands wurde, weshalb wir uns übrigens auch deine Geige leisten konnten. Vater hat diesem Mintzberg zu Geld verholfen, so konnte er fliehen.“

Dass ihr Vater die vier Mintzberg-Gemälde in seinem Keller erwähnt hatte, kam Juliette gelegen, so brauchte sie Franks Besuch dort nicht erwähnen. Sie fragte ihn weiter:

„Hat sich Mintzberg irgendwann wieder gemeldet wegen seiner Bilder?“

„Nein. Außerdem waren es nicht mehr seine Bilder, Kauf ist Kauf."

„Das sehen heute viele anders."

Sie biss sich auf die Lippen. Wenn sie nicht aufpasste, würde er das Gespräch beenden.

„Darf ich dich noch etwas fragen?"

„Wenn es sein muss."

„Danke. Sagt dir der Name Walter Beck etwas?"

„Ja, dein Opa hat auch ihn erwähnt. Dieser Beck war ein Kunde seiner Spedition. Warum fragst du?"

„Beck besaß früher auch ein Bild von Arthur Mintzberg, einen Mahier, der nun aber bei meinem künftigen Chef Antonio Giamotti hängt. Übrigens derselbe Giamotti, dem du vor fünfundzwanzig Jahren ein Bild namens *Italienischer Akt* hast zukommen lassen."

Ihr Vater wurde laut:

„Woher weißt du das?"

„Auch von Frank. Er hat kürzlich in Giamottis Orchester ausgeholfen und die Tournee endete mit einem Gartenfest in dessen Villa in Florenz. Dort entdeckte Frank jenes Bild von Mahier. So kam er auf die verschwundene Sammlung von Mintzberg und kurz darauf hat er erfahren, dass Giamotti diesen Akt aus der Mintzbergschen Sammlung von dir bekommen hat."

„Wie kam er an diese Information?"

„Über einen Dritten. Frank erinnert sich genau, dass der Mahier früher in seinem Elternhaus hing."

„Wieso Elternhaus? Dann müsste dein Freund ja Frank Beck heißen?"

„Ja, das hat er früher auch mal. Aber das ist eine andere Geschichte."

„Jetzt verstehe ich die perfide Absicht deines ehrenwerten Freundes, den du besser zum Teufel jagen solltest. Ich weiß, dass Walter Beck über Vaters Ankauf der Gemälde von Mintzberg verärgert gewesen war. Dieser Walter Beck bot jüdischen

Kunsthändlern an, ihnen bei der Rettung ihrer Sammlung ins Ausland behilflich zu sein. Über die Großhandelsfirma, bei der er arbeitete, ließ er die Sammlungen als Firmenlieferung deklariert ins Ausland versenden. Ein edles Angebot, immerhin begab er sich in große Gefahr mit diesen illegalen Aktionen. Doch leider kam keine dieser Lieferungen jemals im Ausland an. Mein Vater hat die Zusammenarbeit mit diesem Walter Beck verweigert, denn auch ihm hatte Beck so ein Geschäft samt Gewinnbeteiligung angeboten. Beck hat auf diese Art wohl mehrere wertvolle Sammlungen verschwinden lassen. Ein feiner Mann, wirklich. Vater hat seine Bilder zwar günstig erworben, aber nicht gestohlen. Wer sich hingegen Walter Beck anvertraute, verlor alles. Und jetzt hetzt dessen Sohn Frank dich gegen unsere Familie auf? Was will er denn? Etwa jene Mintzberg-Sammlung, die sein Vater nicht auf seine Weise bekommen konnte? Hat er das nötig? Seine Familie muss doch stinkreich sein. Oder hat Beck später alles wieder verloren, dieser spielsüchtige Dummkopf!"

Juliette war verwirrt.

„Warum hat Opa Paul keine Anzeige gegen Walter Beck erstattet, wenn er doch von dessen Betrug wusste?"

„Weil Mintzberg und die anderen, die Beck ihre Bilder anvertraut hatten, sofort verhaftet worden wären."

Das klang alles nachvollziehbar. Trotzdem musste sie weiter fragen.

„Tut mir leid, aber ich habe einige Dokumente, die nicht zu dem passen, was du sagst. Beispielsweise eine Quittung über eine Stofflieferung, aufgegeben 1936 von Walter Beck bei der Spedition Jonard. Also hat Opa Paul doch eine Lieferung von Walter Beck angenommen."

„Du glaubst mir nicht? Du siehst hinter diesen Dokumenten den Beweis, dass ich lüge?"

„Wie kannst du dir das sonst erklären?"

„Ach Kind, dein Misstrauen ist so naiv! Natürlich hat Vater Aufträge dieses Großhändlers angenommen. Warum auch nicht? Er machte nur keine fragwürdigen Geschäfte mit Walter Beck als Privatperson. Beweisen kannst du mit diesen alten Zetteln nichts, mutmaßen hingegen alles!"

Juliette war verunsichert, ihr Vater hatte plausible Erklärungen.

„Gibt es eigentlich Quittungen für die Bilder?"

„Natürlich."

„Für alle?"

„Nein, nur für meine An- und Verkäufe."

„Und warum nicht für jene von Opa?"

„Weil er offensichtlich keinen Wert darauf legte."

„Ach, wie praktisch!"

Das war ihr herausgerutscht, sie wollte sich entschuldigen, doch es war zu spät.

„Meine ehrenwerte Tochter legt sich alle Vermutungen so zurecht, wie es ihr passt, Wahrheit hin, Wahrheit her, im Auftrag der Moral ist alles erlaubt. Schade, dass eure edel gesinnte Generation nicht auf den Regierungsbänken dieser Welt sitzt. Was wäre das für ein Frieden überall, so anständig, so gerecht, kurz, eine wunderbare Welt mit Louis Armstrong als Sänger eurer Welthymne."

Juliette versuchte einzulenken, doch ihr Vater war nicht mehr zu bremsen:

„Ihr Jungen seid alle so gut! Blickt mit Abscheu auf jedes Unrecht, ohne auch nur eine Sekunde in so einem Unrecht gelebt zu haben, ohne zu wissen, ob nicht auch ihr Vorteile aus den Verhältnissen gezogen hättet. Aber nein, natürlich nicht, dazu seid ihr viel zu tugendhaft. Übrigens Juliette, vergiss nicht, ich bin 1950 geboren, allein damit habe auch ich einen Anspruch auf eure Edelgesinnung, auf die ich allerdings keinen Wert lege, sie ist mir viel zu einfältig."

„Du musst gleich alles so extrem sehen. Ich will die Wahrheit wissen, sonst nichts."

„Die weißt du ja nun. Sonst noch was?"

„Danke für deine Offenheit."

Er legte auf.

Sie fühlte sich elend. Wenn das alles so stimmte, dann hatte sie ihren Großvater und Vater zu Unrecht verdächtigt, was ihr Verhältnis noch schwieriger machen würde.

Später rief ihre Mutter an. Herbert habe sich fürchterlich aufgeregt, Frank einen verlogenen Scharlatan genannt und sei dann wutentbrannt in seiner Plagiaterie verschwunden.

„Juliette, dein Vater ist ein intelligenter Mann, genau wie sein Vater es war. Du wirst nichts finden, gib es auf. Du kannst ein eventuelles Unrecht nicht ungeschehen machen, indem du ihm Anschuldigungen an den Kopf wirfst. Außerdem ist das, was er über Franks Vater gesagt hat plausibel, auch wenn es nach siebzig Jahren schwer zu beweisen ist."

„Interessiert dich denn nicht, was damals war?"

„Die Wahrheit schon, aber keine unhaltbaren Theorien."

„Glaubst du Vaters Version?"

„Alle Beteiligten sind tot."

„Das ist keine Antwort."

„Aber das einzig Gewisse."

***

Giamotti war früh aufgewacht und lief im ersten Tageslicht durch den Parco della Musica in Rom. Die morgendliche Frische würde bald der stickigen Sommerhitze weichen. Sein Weg bot ständig wechselnde Perspektiven auf die wagemutige Architektur der drei unterschiedlich großen Gebäude, welche wie riesige Muscheln aussahen und in denen sich die Konzertsäle befanden. So früh am Morgen war der Park ein menschenleeres Areal, bald würden die ersten Angestellten dieses unvergleichlichen Kulturzentrums zur Arbeit erscheinen. Vor wenigen Jahren eröffnet, hatte er die Ehre, den größten der drei Konzertsäle, die Santa Cecilia Hall, mit einem pompösen Konzert einzuweihen. Der gleiche Saal, in dem er die nächsten Tage proben und das Konzert dirigieren würde. Die Sonne stieg höher und er kehrte in sein Hotel zurück. Er mochte das Dirigieren in Rom, wenngleich er mit dieser Stadt den größten Verlust seines Lebens verband - seine erste Frau. Auf seiner Armbanduhr waren beide Vornamen eingraviert.

Antonio und Natalia

Mit ihr wäre er bereits Großvater und überhaupt ein anderer Mensch. Einundzwanzig Jahre war ihr Tod nun her und damit jene Nacht, in der er die schwangere Natalia und den Glauben, dank seiner Erfolge unverwundbar zu sein, verlor. Ein betrunkener Autofahrer raste in sein Leben und hinterließ Tod, Leere und Verzweiflung. Drei Monate im Krankenhaus und ein hartes Jahr der Rekonvaleszenz sowie der Trauer um Natalia schnitten sein Leben tief ein. Natalia, die aus dem Nichts aufgetaucht war und ihn schließlich mit ihrer Schönheit verführt hatte. Sie erweckte sein Interesse für Gemälde und brachte den Grundstock seiner Gemäldesammlung, Mahiers *Bucht von Cassis,* mit in die Ehe. Dieses Bild war, wie sie sagte, der Überrest ihrer Herkunft aus einer polnischen Adelsfamilie. Natalia erzählte viel von ihrer Kindheit, die mit dem Umzug ins ungeliebte Deutschland endete, jenem Land, welches Schuld hatte am Verlust ihrer glanzvollen Vorfahren. Schließlich in Italien angekommen, schwor sie sich, Deutschland nie wieder zu betreten, was sie angesichts ihrer gefälschten Dokumente - dies gestand sie ihm erst später - ohnehin nicht mehr gewagt hätte. Er tolerierte ihre Haltung und fragte nie weiter nach. Ihr Glück währte drei Jahre. Der Wunsch nach einem Kind, ihre Schwangerschaft, alle Freuden der Welt, bis dieser Betrunkene alles zerstörte. Als jener bei Natalias Beerdigung auftauchte, verwies Giamotti ihn derart aufgebracht des Friedhofs, dass einige Trauergäste dazwischen gehen mussten, um einen tätlichen Angriff Giamottis zu verhindern. Dieser Eklat wurde in der Presse hoch gekocht, was den Unfallverursacher dazu bewog, seine verlogene Reue in etlichen Interviews zu Geld zu machen. In jenen Monaten schien Giamottis Karriere ernsthaft gefährdet, Medikamente stabilisierten seinen Zustand zwar, die Nebenwirkungen ließen eine Wiederaufnahme seiner Arbeit aber kaum zu. Erst mit dem Auftauchen seiner zweiten Frau geriet sein Leben wieder in geregelte Bahnen und seine Karriere entwickelte sich weiter. Die Jahre seiner zweiten Ehe blieben ihm in guter Erinnerung, letztlich hatte diese Frau, für die er eher Dankbarkeit als Liebe empfunden hatte, ihn gerettet. Die Trennung erfolgte einvernehmlich, anders als später bei seiner dritten Ehe, welche von Beginn an derart chaotisch verlief, dass er die erholsamen Nächte mit anderen Frauen schätzen lernte, eine Marotte, von der er bis heute nicht los kam. Da er Chiara gegenüber von Anfang an mit offenen Karten gespielt hatte, war er erstaunt über ihre naive Argumentation, weswegen sie ihn verlassen hatte.

Er blickte aus dem Hotelfenster auf die trostlosen Bauten dieser unwirtlichen Gegend Roms. Das Telefon klingelte, er hob ab und hörte einige Minuten schweigend zu. Was Giorgio, sein *Maestro di Casa,* ihm berichtete, verwirrte ihn. Chiara hatte

Zugang zum Tresor der Orangerie gefunden, weil sie ihm in einer schwachen Minute den Beethoven-Code, der aus dessen Geburtsdaten bestand, entlocken konnte. Er haderte einmal mehr mit seiner Gutgläubigkeit. Chiaras Erotik war schuld daran: Ihre Kunst, ein langes Adagio mit steigender Spannung virtuos zu gestalten - als Dirigentin wäre sie Weltklasse. Seither wollte er Beethoven durch Brahms ersetzen, so wie er nach der letzten Scheidung Bach durch Beethoven ersetzt hatte, erachtete es aber als nicht dringlich, weil er eine Trennung nicht erwartet hatte.

Giorgio berichtete, dass Chiara diesen alten Vertrag mit Jouard gefunden hatte. Giamotti fand keine Antwort, was Chiara daran interessieren könnte. Diese Kröte Jouard speiste ihn damals mit einem belanglosen Akt ab, obwohl er ihm lukrative Immobilienkontakte vermittelt hatte. Das Interesse an Gemälden erweckte erst Natalia. Was wollte Chiara? Seine Bilder waren ihrem Wert gemäß versichert und daher kein Geheimnis. Diese alte Geschichte mit Jouard war eine Gefälligkeit von gegenseitigem Nutzen, da gab es nichts Kompromittierendes. Ihr Ziel konnte eigentlich nur eine möglichst hohe Zahlung im Zuge der Scheidung und nicht das Erforschen der Herkunft seiner Bilder sein. Trotzdem, Giamotti ließ dieser seltsame Vorgang keine Ruhe. Denn schon nach wenigen Ehewochen hatte er Chiaras Intelligenz zu fürchten begonnen.

Außerdem störte ihn der Umstand, dass diese Beatrice Clementi, die nun ihren Wettbewerbsvertrag hatte, mit Chiara unter einer Decke steckte. Dass er sie nur wenige Stunden nach deren Auszug bestieg, war so gesehen ein Fehler, denn Chiara würde davon erfahren. Erstaunlicherweise glich Beatrices Bettstrategie jener von Chiara, die gleichen Qualitäten unter Einsatz von Verzögerungen in den unerträglichsten Augenblicken. Wahrscheinlich saßen sie gerade bei einer Flasche Prosecco und machten sich darüber lustig, dass jeder Zirkusaffe schwieriger zu dressieren sei als er. Bei dem Gedanken fing er an zu kochen. Der Scheidungskrieg gegen Chiara würde gnadenlos werden. Und diese Beatrice mit ihrem Dirigentenwettbewerb? Eigentlich sollte er alles rückgängig machen, doch er hatte unterschrieben. Und dazu diese Schnüffelei in seinen Unterlagen. Was bezweckte Chiara damit?

***

„Wieso denn das?“

Lisa sah Anne erstaunt an

„Papa hat seine Geigerin, du deinen Torero. Wieso willst du Papa hierher zum Essen einladen?“

Anne hatte diese Frage erwartet.

„Wir könnten endlich dein Abitur angemessen feiern. Auf der Schweiz-Tournee ging das ja ziemlich daneben.“

„Entschuldige Mama, aber das Abitur habe ich eine Woche lang Tag und Nacht gefeiert. So ein Essen mit euch ist doch keine Feier, das ist Stress.“

„Wir streiten nicht, wir feiern mit dir.“

„Das haltet ihr keine zwei Minuten durch. Und dann streitet ihr euch doch und ich sitze am Tisch und soll mich freuen. Echt super.“

„Ich habe ihn aber schon eingeladen. Frank kommt heute Abend.“

„Da habe ich keine Zeit. Bin verabredet.“

„Verschieb es.“

„Ein Konzert einer Hip-Hop-Band kann ich nicht verschieben.“

„Dann verzichte.“

Lisa starrte ihre Mutter an, als hätte sie den Verstand verloren.

„Verzichten? Wenn Jojo mich einlädt? Was glaubst du wie schwer es ist, an eine Karte zu kommen?“

„Wer ist Jojo?“

„Mein Freund. Seit vorgestern.“

„Gut, dann feiern wir dein Abitur eben zu zweit ohne dich.“

„Danke, das ist ein echtes Geschenk!“

Lisa gab ihrer Mutter erleichtert einen Kuss auf die Wange und wollte gerade gehen.

„Halt, da ist noch was.“

Lisa blieb ungeduldig stehen.

„Du hast Pablo gegenüber Oma als Lebensabschnittstorero bezeichnet. Warum?"

Lisa lachte.

„Das hat Oma dir erzählt? Cool."

„Ich habe dich etwas gefragt."

„Willst du die nette oder die ehrliche Version."

„Letztere."

„Also gut. Ihr passt kein bisschen zusammen. Es gibt überhaupt nichts, was euch gemeinsam interessiert. Wenn er mit mir alleine ist, macht er auf locker, als müsste er mein Kumpel sein, nur weil er mit dir zusammen ist. Das ist so daneben. Er redet immer nur über sich und seinen Job, aber hat er dich schon jemals gefragt, wie es dir geht? Und als ich mit ihm in einem eurer Konzerte war, hat er die Hälfte der Zeit mit seinem Handy herumgemacht und die andere Zeit versucht, nicht einzuschlafen. In der Pause habe ich ihn gefragt, ob er schon einmal in einem klassischen Konzert war, da hat er gesagt, ja, zwei Mal: Nämlich heute, das erste und letzte Mal. Diese Musik würde er nicht mal als Klingelton verwenden, sonst käme er nie ans Handy, weil er nach dem ersten Ton schon schlafen würde. Oh Mann, er ist so peinlich und merkt es nicht mal. Mama, wirklich, schick ihn in die Wüste oder sonst wohin. Er passt nicht zu dir. Auch wenn er dir nachts vielleicht gut tut, tagsüber kannst du ihn vergessen."

Damit verabschiedete sie sich in ihr Zimmer. Anne blieb erstaunt zurück. Lisas glasklarer Blick, sie hätte jedes Wort von ihr unterschreiben können.

Dass Lisa in dieses Hip-Hop-Konzert wollte, kam ihr gelegen, sie wollte Frank heute Abend sowieso lieber alleine hier haben. Und danach würde sie hoffentlich wissen, was mit ihr los war.

***

Juliette war nach dem aufreibenden Telefonat mit ihrem Vater lange im Stadtpark herum gelaufen. In ihrem Kopf schwirrten tausend Gedanken. Sie fühlte sich überfordert und neigte dazu, ihrem Vater Glauben zu schenken, nur damit sie wieder Ruhe fand. Ihre Mutter hatte im Grunde Recht, was konnte man nach siebzig Jahren noch beweisen? Und selbst wenn es bewiesen wäre, was dann? Die Gemälde verkaufen und den Erlös spenden, um sich ein reines Gewissen zu verschaffen? Ihre Geige verschenken, um für ihren Großvater zu sühnen, so er überhaupt etwas Illegales getan hat? Sie spürte Widerwillen, denn sollte ihr Vater die Wahrheit sagen, dann wäre es Franks Vater gewesen, der die Bilder gestohlen hat. Dagegen sprach jedoch die Art, wie Frank lebte, offensichtlich hatte er noch nie etwas von dem Vermögen gesehen, das seine Familie besitzen musste. Vielleicht hatte sein Vater tatsächlich alles verspielt?

Am Nachmittag kehrte sie in die Wohnung zurück und berichtete Frank von dem Telefonat. Er reagierte irritiert. Juliettes Vater präsentierte zwar eine stimmige Version der damaligen Ereignisse, doch was hatte sein eigener Vater dann mit den angeblich erbeuteten Sammlungen oder nach dessen Verkauf mit dem Geld gemacht? Von dieser angeblichen Spielsucht wusste er nichts, was aber auch nichts bewies.

„Typisch Sackgasse. Wir haben eine Vermutung und aus Evian kommt eine völlig neue Variante. Die Rolle meines Vaters wird zunehmend fragwürdiger."

Er versuchte, in all den Mutmaßungen eine Spur zu finden, die auf eine Wahrheit hinweisen konnte, vergeblich.

„Juliette, noch etwas anderes. Ich bin heute Abend bei Anne, wir wollen die Scheidung besprechen."

„Warum musst du gleich einen Abend lang zu ihr?"

„Weil sie meint, es gibt einige Details zu klären, die sie nicht am Telefon besprechen will."
„Weiß sie von uns?"
„Das ist mir egal."
Sie lächelte.
„Wage es ja nicht, mich mit deiner Frau zu betrügen!"

Mit Anne verstand er sich so gut wie schon lange nicht mehr. Auch wenn es viel um Lisa ging - ein Thema, das immer schon friedensstiftend war - so störte deren Abwesenheit keineswegs. Sie sprachen über die Scheidung, wobei Annes angekündigte Details keine wirklichen Fragen aufwarfen. Irgendwann begann Frank von seinen Recherchen über Mintzberg zu berichten. Anne fragte nach, wenn sie einen Widerspruch zu entdecken glaubte. Er bat sie darum, kein Wort davon gegenüber Lisa zu erwähnen. Sie stimmte dem zu, Lisa würde nur Unruhe verbreiten, wenn sie davon erfuhr. Schließlich sprachen sie über Lisas Studium.

Kurz vor Mitternacht blickte ihn Anne in einem Moment des Schweigens intensiv an und er entdeckte den Glanz vergangener Zeiten darin. Verlegen wandte sie den Blick ab und äußerte, er solle bezüglich der Scheidung unternehmen, was er für richtig halte, sie werde ihm keine Steine in den Weg legen. Erst auf dem Heimweg kam Frank der Gedanke, dass Anne die Scheidung möglicherweise nicht mehr wollte, ja mehr noch, dass sie ernsthaft zu erwägen schien, es nochmals mit ihrer Ehe zu versuchen, ein Gedanke, der ihn befremdete, da er zu lange schon unvorstellbar war.

Am Morgen danach fragte Juliette sofort nach:
„Und, lasst ihr euch nun scheiden?"
„Sie überlässt es mir."
„Und was tust du?"
„Scheiden lassen."

***

Beatrice Clementi brachte das Portrait von Oma Francesca in ihrem weißen Kleid zu ihrem Bruder zurück. Dessen neunjähriger Sohn Silvio beobachtete sie, wie sie das Gemälde wieder an seinen Platz hängte.

„Hier hast du deine wunderschöne Uroma zurück!“, lächelte Beatrice ihn an.

„Ist ja nicht das einzige Bild von ihr.“

Sie glaubte nicht richtig gehört zu haben.

„Warum?“

„Hab noch zwei andere gesehen.“

„Wo?“

„Bei Uroma!“

„Das kann doch nicht sein!“

Silvio verdrehte seine Augen, eine Geste, die Beatrice von ihrem Bruder kannte.

„Echt, Tante Beatrice. Letzte Woche haben wir sie besucht und da gab es einen Riesenstreit, Opa hat herumgebrüllt wie noch nie. Sie schickten mich aus dem Zimmer und ich bin in den Keller gegangen. Dort habe ich die Bilder gesehen. Mehr weiß ich nicht.“

Beatrice eilte aufgeregt zu ihrem Bruder, der sich in der Küche einen Kaffee zubereitete.

„Was war da los bei Papa? Silvio hat etwas erzählt.“

Ihr Bruder lachte.

„Das war klasse. Unser Herr Papa machte seiner Mutter eine filmreife Szene. Er will seine Werkstatt im Keller vergrößern und begann den Nebenraum auszuräumen. Dabei hat er Omas Kisten geöffnet und zwei spätere Portraits von ihr entdeckt, mit Widmungen und Jahreszahlen darauf. Papa hat getobt und sie zur Rede gestellt, doch sie hat geschwiegen wie ein Grab. Damit dürfte klar sein, dass sie ihre jährlichen Sommeraufenthalte in Positano mit ihrem alten Liebhaber verbracht hat. Soll man es ihr verdenken? Den Mann im Krieg zu verlieren, sechs

Jahre zu trauern und dann wieder leben zu wollen. Ich finde es klasse. Papa hingegen hat ihr echte Vorwürfe gemacht, er warf ihr allen Ernstes vor, sie habe die gesamte Familie betrogen. Nicht mal Mama konnte ihn beruhigen."

„Hast du die Bilder gesehen?"

„Klar. Genau die gleiche Pose, nur dass Oma reifer wirkt, aber immer strahlend schön."

Beatrice rief im Büro an um mitzuteilen, dass sie heute nicht käme. Dann setzte sie sich in ihr Auto und fuhr die knapp zwei Stunden zu ihren Eltern. Das Haus lag nahe der Küste zwischen Livorno und Cecina Mare und besaß im Erdgeschoß eine kleine Wohnung für ihre Großmutter, mit der sie eine innige Beziehung verband. Ihre Eltern mussten ein Leben lang arbeiten und so hatte sie, damals noch im Haus in Fontebuona, viel Zeit mit Oma Francesca verbracht, ausgenommen deren jährliche Sommeraufenthalte in Positano. Was hatte sie gebettelt, dass ihre Oma sie einmal mitnehmen würde, doch diese blieb unnachgiebig. Der Grund war nun klar: Sie traf sich dort jährlich mit Mintzberg. Da störte eine Enkelin nur, auch wenn sie die restlichen elf Monate des Jahres fast unzertrennlich waren. Oma Francesca hatte ihr Interesse an den künstlerischen Dingen des Lebens geweckt und darauf bestanden, dass sie die beste Schulausbildung erhielt und studieren durfte. Ihr Bruder hingegen wollte schon als Kind Bäcker werden und hatte für Beatrices Spinnereien nur Spott übrig. Inzwischen waren ihre Meinungsverschiedenheiten beigelegt und einer verhaltenen Herzlichkeit gewichen.

Beatrice konnte es immer noch nicht fassen. Ihre Oma Francesca, die sie als allein lebende Witwe nie in Verbindung mit einem Mann gebracht hätte, holte sich jedes Jahr im August, was sie brauchte.

Der holprige Weg durch die in der Hitze flimmernden Felder führte an eingezäunten Grundstücken mit großzügig angelegten Häusern vorbei. Als der Weg zu enden schien, bog sie in einem spitzen Winkel nach rechts, wo das Grundstück ihrer Eltern auftauchte. Umgeben von Bäumen stand darin das Steinhaus mit den hellblauen Fensterläden und dem Blick auf das Meer. Beim Aussteigen wurde sie von Arturo, dem Hund, freudig begrüßt. Ihr Vater trat aus dem Haus.

„Beatrice, ein Besuch von dir, welche Ehre!"

Sie hörte den vorwurfsvollen Unterton.

„Ich weiß, dass ich euch viel zu selten besuche."

„Komm rein, drinnen ist es kühler."

Sie gingen in den ersten Stock, wo sie ihre Mutter zur Begrüßung umarmte. Sie trug wie gewohnt eine ihrer gemusterten Küchenschürzen, die Beatrice schon als Kind grässlich fand.

„Ich komme wegen Oma Francesca und den zwei Bildern".

Ihre Mutter lachte:

„Beatrice, untersteh dich, deinen Vater an diesen Skandal zu erinnern. Anstatt sich über das heimliche Glück seiner Mutter zu freuen, reagiert er päpstlicher als der Papst."

„Hat Beatrice nach deiner Meinung gefragt?", fuhr ihr Vater seine Frau an.

„Nein, aber ich rede auch ungefragt."

„Ich weiß, das habe ich die letzten vierzig Jahre ertragen müssen."

Beatrice sah das gutmütige Blitzen in den Augen ihres Vaters. So kannte sie ihre Eltern: Grundsätzlich verschiedener Meinung und doch unzertrennlich.

„Ich möchte mit Oma über ihren Sommerfreund reden, interessiert dich das denn nicht?"

„Seit unserem Streit schweigt sie wie ein Grab."

Beatrice sah ihren Vater an.

„Du hast ihr aber auch eine richtige Szene gemacht, da wäre ich als Mutter auch beleidigt."

„Hat dein Bruder dir schon alles verraten? Egal, werde du erstmal Mutter, bevor du so altklug redest"

Beatrice stöhnte:

„Nicht schon wieder dieses Thema ..."

„Beatrice, das wirst du immer von ihm hören, er kapiert es einfach nicht.“, mischte sich ihre Mutter ein.

„Ich gehe jetzt runter zu Oma.“

Im Treppenhaus hörte sie ihre Eltern lebhaft streiten. Solange sie endlose Diskussionen miteinander führten, brauchte man sich um ihre Ehe keine Sorgen zu machen.

Beatrice betrat die kleine Wohnung, deren eigentümlicher Geruch sie in ihre Kindheit zurück versetzte. Oma Francescas Duft war einzigartig und trotz ihrer vierundneunzig Jahre noch immer präsent. Obwohl sie sich nur mit ihrem Rollator fortbewegen konnte, lebte sie noch weitgehend selbständig, immer darauf bedacht, gepflegt zu wirken. Daher verbrachte sie ebenso viel Zeit im Bad wie im Bett. Sie wurde von ihrer Schwiegertochter versorgt, mit der sie sich besser verstand als mit ihrem Sohn. Francescas Geist war klar und ihr Gesicht strahlte immer noch die Schönheit und Anmut früherer Jahre aus. Insgeheim hoffte Beatrice auf die Durchsetzungskraft von Francescas Genen, so konnte sie entspannt dem Alter entgegensehen. Sie umarmte ihre Oma und setzte sich zu ihr auf die Couch. Zuerst musste sie alle Neuigkeiten aus Fontebuona und Florenz berichten, Chiara Giamottis Trennung eingeschlossen. Dann sprach sie Francesca auf die beiden Bilder an und erklärte, weshalb sie sich so sehr dafür interessierte. Als sie erwähnte, dass ihr Nacktgemälde über dem Bett des berühmten Dirigenten Giamotti hing, errötete Francesca, empfand es aber auch als Ehre. Beatrice fragte, ob sie bereit sei, ihr mehr zu berichten. Francesca strahlte sie an und ihre Erinnerungen wurden lebendig, sie sprach flüssig und ohne Unterbrechungen mit ungewohnt lauter Stimme, ihre Mimik und die Intensität ihrer Gesten ließen ihr Alter vergessen.

Beatrice musste sich immer wieder Notizen machen, um alle Details zu behalten. Irgendwann erwähnte Francesca ihre gesammelten Briefe von Mintzberg. Er hatte seine Post bei ihrer Tante in Positano eingeworfen, welche diese dann mit ihrem

Namen als Absender nach Fontebuona weiter schickte. Nach über einer Stunde lebhaften Erzählens wurde ihre Stimme leiser und irgendwann hielt sie inne.

„Beatrice, ich bin erschöpft, für heute muss es genügen. Komm in ein paar Tagen wieder, jetzt will ich mich hinlegen."

Sie zog Beatrices Kopf zu sich heran und flüsterte ihr ins Ohr:

"Und wenn dein Vater mir das alles nicht gönnt, dann soll er sich eine andere Mutter suchen.“

Beatrice strich ihr lächelnd mit der Hand übers Gesicht und half ihr ins Bett.

Ihr Vater empfing sie mit skeptischem Blick.

„Und?“

„Ich habe alles erfahren.“

„Typisch, mit dir spricht sie und ihren Sohn wirft sie hinaus.“

„Weil ich mich für sie freue anstatt sie zu beschimpfen.“

„Sehr richtig!“, rief ihre Mutter aus dem Nebenzimmer.

„Kann ich die zwei gefundenen Bilder ansehen?“
Beatrice erhielt keine Antwort mehr, ihr Vater war bereits mit erregtem Tonfall auf dem Weg ins Nebenzimmer.

Beatrice stieg in den Keller, machte Licht und öffnete Omas großen Schrank. Sie war ergriffen vom Anblick der beiden Portraits. Francesca als reife Schönheit, zeitlos und voller Anmut. Andächtig verharrte sie vor den Gemälden, bevor sie Fotos von ihnen machte. Sie fotografierte auch die unverkennbaren Widmungen Mintzbergs mit den Jahreszahlen 1952 und 1958. Dann fuhr sie zurück nach Fontebuona, setzte sich mit ihren Notizen an den Computer und berichtete Frank in einer ausführlichen Mail von dem Gespräch.

Hallo Herr Beckmann,
ich war eben bei meiner Großmutter Francesca. Sie hat mir unerwartet Neues über Artur Mintzberg erzählt.

Er hat im Sommer 1932 mit zwei anderen Deutschen in Positano bei einem Freund, dem Maler Torrecini, Urlaub gemacht. In dieser Zeit sind das erste Portrait sowie das Nacktportrait entstanden. Vier Jahre später emigrierte Mintzberg nach Positano, was wegen der damals noch sehr liberalen Gesetze für jüdische Flüchtlinge aus Deutschland möglich gewesen sei. Mintzberg wurde von seinem Malerfreund Torrecini und auf Drängen Francescas hin auch von ihrer Tante unterstützt, bei der er vorerst wohnen konnte. Sie stellte ihn als Hausmeister an, um offiziell seinen Lebensunterhalt zu sichern. Im Sommer 1938 habe sich die Situation dann drastisch verschärft. Jüdische Flüchtlinge wurden inhaftiert oder unter Hausarrest gestellt und auch Mintzberg musste sich nun täglich bei der Polizei melden. Er und Torrecini waren sich einig, dass alles noch viel schlimmer kommen würde. Da seit den Verhaftungen etliche Juden aus Positano geflohen waren, beschlossen Mintzberg und Torrecini, dass er eine Flucht vortäuschen sollte. Die nichts ahnende Tante ging nach Mintzbergs Verschwinden zur Polizei und meldete, dass dieser ohne Ankündigung, ohne Koffer und ohne sein Gehalt, welches ihm noch zustehen würde, verschwunden sei. Die Polizei nahm alles auf und legte es zu den Akten. In Wahrheit war Mintzberg jedoch bei Torrecini untergetaucht, dessen Atelier ein notdürftiges Versteck zuließ. Bald darauf wurde den jüdischen Flüchtlingen das Aufenthaltsrecht in Italien entzogen. Deren massenhafte Abschiebung gestaltete sich schwierig, so dass man begann, die Juden in Internierungslager zu bringen. Viele kamen von dort aus in ein Vernichtungslager und manche überlebten mit viel Glück die Zeit bis zur Ankunft der Alliierten. Torrecini hatte wie fast jeder in Positano einen Gemüsegarten, mit dessen Erträgen er Mintzberg unauffällig versorgen konnte, denn auch in Positano gab es Mussolini-Hitler-Anhänger, die auf eigene Vorteile durch Denunziationen hofften. Übrigens wusste weder Francesca noch ihre Tante zu dieser Zeit von Mintzbergs Versteck, wo er bis zum Einzug der Alliierten im Herbst 1943 ausharren musste. Auch nach der Befreiung blieb Mintzberg in Positano. Als Francesca 1952 erfuhr, dass er noch dort immer lebte, (ihre Tante hatte es ihr verschwiegen, schließlich war Francesca verheiratet bzw. Soldatenwitwe) fuhr sie sofort zu ihm. So entstanden die nächsten Bilder. Wie es mit Mintzberg und seinen deutschen Freunden nach dem Krieg weiter ging, will sie mir beim nächsten

Besuch berichten. Die Freunde hießen übrigens Paul Jonard und Walter Beck.

Ich hoffe, diese Informationen helfen Ihnen, einige Fragen zu klären.

Beatrice Clementi

***

Am Morgen las Frank die Mail von Beatrice Clementi. Da darin neben Arthur Mintzberg auch die Namen von Paul Jonard sowie Walter Beck auftauchten, schrieb er umgehend zurück, dass Jonard der Vater des Immobilienmaklers Jouard und Walter Beck sein Vater gewesen sei. Ihre Antwort ließ nicht lange auf sich warten: Sie lud ihn ein, selbst mit ihrer Oma zu sprechen, was er sofort zusagte. Während er im Internet nach einem Flug suchte, war Juliette aufgewacht und setzte sich zu ihm. Er begann ihr die Neuigkeiten zu erzählen, als ihr Vater anrief und sie mit dem Telefon im Schlafzimmer verschwand. Schnell wurde das Gespräch laut und er schloss die Wohnzimmertür. Er wollte kein Wort davon mitbekommen, so wie Juliette inzwischen nichts mehr von seinen Recherchen wegen Mintzberg hören wollte.

Nachdem er für den nächsten Nachmittag einen Flug nach Florenz gefunden hatte, klärte er per Mail die Details mit Beatrice Clementi und buchte den Flug.

Irgendwann kam Juliette mit blassem Gesicht aus ihrem Zimmer, ging wortlos in die Küche und verkroch sich dann ins Schlafzimmer. Er beschloss, sie dort nicht zu stören. Die Beziehung zu ihrem Vater musste sie letztlich alleine durchstehen, sie würde schon kommen, wenn sie seine Hilfe bräuchte.

***

Anne saß in ihrem Büro. Nach dem Vorfall in Lausanne, der chaotischen Tournee sowie dem einwöchigen Urlaub war das Orchester mit Ausnahme eines an Sommergrippe erkrankten Geigers wieder vollständig angetreten und begann in Kürze mit den Proben zum nächsten Programm unter Giamotti. Sie hatte ihren Chef noch nicht gesehen, ging aber davon aus, dass er bald sein übliches Chaos verbreiten würde. Prompt erschien er in Annes Büro.

„Sind alle gesund oder muss man wieder mit Ausfällen rechnen?"

„Bis auf einen ersten Geiger hat sich niemand krank gemeldet. Auf Wunsch der Geigengruppe springt die neue Kollegin ein, die in zwei Monaten bei uns anfängt."

Giamotti schien noch etwas sagen zu wollen, verließ dann aber das Büro und lief zu seinem Dirigentenzimmer. Auf dem Gang stand Juliette und sprach mit einem ihrer künftigen Kollegen. Beim Vorbeigehen streifte Giamottis Blick flüchtig ihr Gesicht. Ruckartig blieb er stehen, wandte sich um und starrte sie an. Dann eilte er zurück in Annes Büro, die gerade telefonierte. Ungeduldig wartete er, bis sie auflegte.

„Diese junge Frau auf dem Gang, wer ist das?"

Anne sah ihn fragend an, stand auf und warf einen Blick aus ihrer Bürotür.

„Das ist die neue Geigerin, die den erkrankten Kollegen vertritt."

Giamotti wurde blass.

„Unmöglich! Sie spielt nicht."

„Aber ...!"

„Sie spielt nicht!", donnerte er und verschwand. Anne brauchte einige Sekunden, bis sie begriff, was sich da eben abgespielt hatte. So gefiel ihr Giamotti schon besser.

Sie bat Juliette zu sich ins Büro um ihr mitzuteilen, dass Giamotti sie nicht akzeptiere und ihr Engagement als Aushilfe daher fraglich sei. Er sei der Chef und gegen seinen Willen könne sie nicht spielen. Mit Genugtuung sah sie, wie Juliette errötete und eine Zornesfalte ihre Stirn durchkreuzte.

„Warum? Und das betrifft doch wohl nicht meine Anstellung?"

„So einen Umstand gab es noch nie, das muss auf höherer Ebene geklärt werden."

Juliette hörte eine gewisse Zufriedenheit aus Annes Tonfall und verließ wortlos das Büro.

Der Vorfall sprach sich schnell herum, ein Orchestervorstand eilte zu Juliette, die nun etwas verloren hinter der Bühne saß, um zu fragen, ob sie sich Giamottis Ablehnung erklären könne. Juliette verneinte:

„Er kennt mich nicht, hat mich noch nie spielen gehört und lehnt mich völlig grundlos ab."

Verärgert über die neueste Laune des Chefs ging der Vorstand zu Giamotti, doch dieser ließ nicht mit sich reden. Noch immer blass im Gesicht begann Giamotti eine unkonzentrierte Probe und brach nach einer Stunde ab, um mit gereiztem Gesichtsausdruck den Probensaal zu verlassen. Die sofort einberufene Krisensitzung des Vorstands und der künstlerischen Leitung ergab, dass ein Beschluss zur Aufnahme eines neuen Mitglieds des Orchesters nicht durch den Chefdirigenten abgelehnt werden könne. Daher werde ein internes Statement von Giamotti gefordert und gleichzeitig darauf bestanden, Juliettes Anstellung ohne Einschränkung durchzusetzen.

Juliette hatte während der Orchesterprobe hinter der Bühne gesessen und vergeblich versucht, Frank auf dem Handy zu erreichen.

Sie wollte Giamotti abpassen und wartete vor dessen Dirigentenzimmer. Als er nach der abgebrochenen Probe erschien, stellte sie ihn zur Rede:

„Was haben Sie gegen mich? Sie wissen nichts von mir und haben noch keinen Ton von mir gehört."

Er starrte sie lange an, schüttelte dann ungläubig seinen Kopf und bat sie mit ins Zimmer, wo sie sich setzten. Juliette wollte weiter fragen, doch er hob die Hand und sagte:

„Meine Reaktion ist für Sie sicher befremdlich, aber ich habe meine Gründe … übrigens sagte man mir, dass Sie demnächst eine Stelle bei uns antreten."

„Ja, im Oktober."

„Es tut mir leid, aber ich bitte Sie trotzdem, meine Entscheidung zu akzeptieren. Das alles hat nichts mit Ihnen als Person zu tun."

„Womit dann?"

Er bemühte sich um einen freundlichen Ton:

„Das ist Privatsache."

Dann stand er auf, drückte ihr die Hand und verließ das Zimmer.

Frank landete in Florenz, wo ihm die Hitze beim Verlassen des Flugzeugs den Schweiß aus allen Poren trieb. Kaum hatte er sein Handy eingeschaltet, rief Juliette ihn aufgeregt an und berichtete von dem Vorfall:

„So wie er reagierte, habe ich das Gefühl, als erinnere ich ihn an jemanden. Weißt du, welch absurder Gedanke mir nach dem Gespräch kam? Ich sehe doch dieser Natalia aus deiner Jugend so ähnlich. Hat er sie vielleicht gekannt?"

„Das wäre ja ... nein, unmöglich."

„Aber es könnte eine Erklärung sein!"

„Ich werde Beatrice Clementi fragen, vielleicht weiß sie es."

„Mach das bitte. Es ist frustrierend, kaum habe ich eine Stelle, gibt es schon Probleme."

Er versuchte sie zu beruhigen, doch sie war aufgebracht.

„Juliette, ich sehe keine Chance für Giamotti, deine Anstellung zu verhindern."

„Aber ich will auch nicht seiner Willkür ausgesetzt sein. Er kann mich fertig machen und sie übernehmen mich nach der Probezeit nicht."

„Sehe es nicht gleich so negativ. Ich melde mich, sobald ich wegen Giamotti und Natalia etwas weiß."

Auch wenn er Juliette Mut zusprach, hatte er kein gutes Gefühl bei dieser Sache.

Am Flughafen mietete er sich ein Auto und fuhr der Wegbeschreibung folgend nach Fontebuona. Die Anfahrt nach Fiesole war ihm von Giamottis Gartenfest her in Erinnerung, daher erkannte er die Zufahrt zu dessen Anwesen wieder, wo mit der Entdeckung des Mahier-Gemäldes die ganze Recherche ihren Anfang genommen hatte. Er fuhr weiter nach Fiesole und bog dort in Richtung Fontebuona ab. Nach Beatrice Clementis Beschreibung hatte ihr Haus weinrote Fensterläden und war tatsächlich nicht zu verfehlen. Er stellte das Auto vor dem Haus ab und ging, nachdem er vergeblich nach einer Glocke gesucht hatte, in den Garten. Dort stieß er auf Chiara Giamotti, die ihn bereits erwartete.

„Hallo Herr Beckmann, wir sind uns ja bereits auf dem Gartenfest meines Mannes begegnet.", begrüßte sie ihn auf Englisch.

Sie wirkte entspannter als während der Tournee, wo sie ihren starrsinnigen Mann bei Arbeitslaune halten musste. Nun brachte sie einen Krug mit frischem Wasser und bat ihn, sich zu setzen.

„Hat Beatrice Clementi Ihnen den Grund meines Besuchs erzählt?"

„Ja, eine spannende Geschichte, dass Sie in Antonios Orangerie ein Gemälde aus Ihrer Kindheit erkannt haben."

Frank nickte zustimmend.

„Signora Giamotti, darf ich Sie dazu gleich etwas fragen?"

„Natürlich."

„Wissen Sie, ob ihr Mann eine gewisse Natalia Baumbach kennt, sie ist Deutsche polnischer Herkunft?"

„Ja, Natalia war seine erste Frau, ist aber nach drei Jahren Ehe tödlich verunglückt. Er trauert ihr noch immer nach."

...Frank war perplex.

„Warum, kannten Sie sie?", fragte sie nach.

Er musste einen großen Schluck Wasser trinken.

„Ja, flüchtig."

Er versuchte seine Verwirrung zu verbergen. Natalia hatte immer von Italien geschwärmt und nachmittags in ihrer Gartenliege die Sprache gelernt. Unglaublich von ihr, Mann und Tochter zu verlassen, um dann bei Giamotti zu landen.

Ein gelber Fiat bog in den Garten ein und eine dunkelhaarige Frau stieg aus. Sie kam lächelnd auf ihn zu.

„Hallo! Schön, dass Sie leibhaftig hier sind, bisher waren Sie lediglich der virtuelle Mintzberg-Forscher."

„Sie sprechen deutsch? Da hätte ich mir die Mühen unserer englischen Mailkorrespondenz ja ersparen können."

Beatrice entschuldigte sich, kehrte dann in legerer Kleidung zurück und setzte sich mit an den Tisch. Sie sprachen über ihre Recherchen, Frank ließ lediglich Juliettes Anstellung in Giamottis Orchester unerwähnt, ebenso deren Ähnlichkeit mit seiner ersten Frau Natalia.

Irgendwann erkundigte sich Beatrice, ob er Hunger habe. Er nutzte die Gelegenheit und lud beide Damen zum Essen ein. Chiara lehnte dankend ab, Beatrice hingegen war erleichtert, nicht selbst kochen zu müssen. Sie schlug ihm ein wunderbar gelegenes Ristorante vor, welches auf dem Weg zu der Pension lag, in der sie ihm ein Zimmer reserviert hatte.

Bei der neben einem Park gelegenen Pension stoppten sie. Hinter dem Empfang stand ein Mann, den Frank auf etwa achtzig Jahre schätzte. Er telefonierte, warf den Hörer auf die Gabel, blätterte in seinem Terminbuch und fragte ohne aufzublicken, was er für sie tun könne. Als er Beatrices Stimme hörte, verjüngte sich sein Gesicht um Jahrzehnte und er ließ sich von ihr umarmen. Zuerst musste sie alle Neuigkeiten berichten, bevor er sich Frank zuwandte und die Formalitäten erledigte. Er beglückwünschte ihn zu seiner Begleiterin und erklärte ihm ausführlich den Weg zu seinem Zimmer, was Beatrice ihm lachend dolmetschte. Frank lief die Treppe hoch. In dem Gang gab es nur sechs Zimmer, die sich alle im ersten Stock befanden und nicht zu verfehlen waren. Er machte sich kurz frisch und ging wieder nach unten. Beatrice verabschiedete ihren Bekannten mit etlichen Umarmungen, bevor sie mit ihrem Auto weiter fuhren. Er sei ihr Patenonkel Roberto, den sie erst tags zuvor bei der Zimmerreservierung gesehen habe. Doch er freue sich jedes Mal über ihren Besuch. Als Roberto vor einiger Zeit schwer krank im Bett lag, habe sein Arzt sie angerufen und gebeten, Roberto täglich zu besuchen, da sie die beste Medizin für ihn sei. Trotz ihrer vielen Arbeit in Florenz habe sie den Rat befolgt und die Wirkung sei nicht ausgeblieben, nach sechs Tagen habe Roberto wieder am Empfang gestanden.

„Er ist mein Taufpate und ein enger Freund unserer Familie. Seine fünf Kinder stammen von fünf verschiedenen Frauen, davon drei Französinnen, er muss als junger Mann ein richtiger Gigolo gewesen sein und spricht zudem perfekt Französisch, da er immer wieder in Marseille gearbeitet hat. Nur seine Traumfrau hat er nie bekommen, sie hielt ihn für zu jung."

Frank sah sie fragend an.

„Er ist dreizehn Jahre jünger als meine Oma Francesca, das ist sein schicksalhafter Makel, wie er es nennt. Seit er hier lebt, nehme ich ihn zu Francescas Geburtstagen mit. Jedes Jahr ist er noch aufgeregter und bringt dort kaum einen Satz über die Lippen."

Sie lachte ihn an:

„Diese Liebesanwandlungen hören anscheinend nie auf, das sind gute Aussichten fürs Alter!"

Die einsetzende Abenddämmerung tauchte die Landschaft in ein angenehmes Licht. Bald war die hell erleuchtete Terrasse des Lokals zu erkennen und vom Parkplatz aus öffnete sich ein grandioser Blick über das Arnotal. Im Ristorante wurde Beatrice freundschaftlich begrüßt, bevor man sie an ihren Tisch führte und die Bestellung aufnahm. Frank betrachtete immer noch die Gegend und sah ernsthafte Konkurrenz zum Genfer See aufkommen.

Beatrice erkundigte sich nach seinem Vater. Während seiner Antwort wurde ihm klar, wie wenig er eigentlich von ihm wusste und wie fremd er ihm geblieben war. Außerdem hing der Verdacht wegen der Mintzberg-Bilder wie eine dunkle Wolke über diesen wenigen Erinnerungen.

„Ich hoffe, dass Ihre Großmutter mehr darüber weiß."

Ein Teller mit Antipasti wurde aufgedeckt. Er fragte sie nach ihrem Beruf, sie begann zu erzählen und wechselte dabei gelegentlich ins Englische. Beatrice war ihm sympathisch, sie besaß alles, was Anne immer verkörpern wollte: Kultiviertes Auftreten und charmantes Äußeres mit einer Spur Weltläufigkeit, die aber nie arrogant wirkte, wenngleich ihre Freundlichkeit manchmal zu professionell wirkte.

Der Hauptgang wurde serviert. Als sie im Laufe des Gesprächs erfuhr, dass er im Orchester spielte, überhäufte sie ihn sofort mit Fragen über Dirigenten, welche sie im Zusammenhang mit dem geplanten Wettbewerb interessierten. Seine kritische Haltung überraschte sie.

„Wenige verstehen das Handwerk des Dirigierens wirklich. Das ist aber die Voraussetzung, um erkennen und umsetzen zu können, was sie wollen. Wenn in den Bewegungen keine klaren Vorgaben erkennbar sind, wie sollen wir da zusammen spielen? Was nützen großartig anzusehende Gesten, wenn ein Dirigent uns damit nur durcheinander bringt und man ihn besser möglichst wenig beachtet?"

„Wie sehen Sie Giamotti?", fragte Beatrice.

„Sein Dirigat ist gut, nicht nur Handwerk. Doch er neigt zum Diktatorischen, was ein Auslaufmodell ist, zudem nimmt man ihm den Großmeister nicht ab, dafür wirkt er zu labil. Auf der Tournee hat er sich unmöglich benommen und damit selbst seine Autorität untergraben. Letztlich rettete ihn nur sein Können."

Beatrice erzählte von dem geplanten Dirigentenwettbewerb und er fragte sich, ob sie überhaupt noch Zeit für ein Privatleben fand. Nach dem Kaffee beschlossen sie aufzubrechen. Sie fuhr ihn in die Pension zurück und bedankte sich für den schönen Abend. Am nächsten Morgen würde sie ihn um neun Uhr abholen.

Im Zimmer öffnete er zuerst die Balkontür, um kühle Nachtluft herein zu lassen. Er versuchte Juliette anzurufen, deren Handy aber ausgeschaltet war. Dann telefonierte er mit Lisa, die derzeit auf Wohnungssuche war und das Gespräch schnell wieder beenden wollte.

Er konnte nicht einschlafen, zu viel ging ihm im Kopf herum. So stand er auf, trat auf den Balkon hinaus und betrachtete die vom hellen Mondlicht verfremdete Landschaft. Auf einem fernen Hügel glitzerten die Lichter einer Stadt, etwas unterhalb davon erkannte man die Scheinwerfer fahrender Autos. Aus dem angrenzenden Park hörte er Hundegebell und Gitarrenklänge, zu denen jemand sang. Plötzlich öffnete sich auf dem benachbarten Balkon die Tür und der Rauch einer Zigarette zog vorbei. Er sah hinüber. Dort stand eine nackte Frau, die ihn aber gleich bemerkte. Sie verschwand im Zimmer und kehrte, mit einem Bademantel bekleidet, zurück.

„Ich hoffe für Sie, dass ich nicht die erste nackte Frau in Ihrem Leben war."

„Keine Sorge."

„Angenehme Musik hier in der Nähe, ich finde es beruhigend, dass es noch junge Leute mit Gitarre in nächtlichen Parks gibt."

In dem Moment setzte eine zweite Gesangsstimme mit ein und sie spielten ein Lied aus den siebziger Jahren.

„Carly Simon.“, bemerkte er.

Sie nickte zustimmend:

„Unglaublich, dass das heute noch jemand kennt.“

Sie bot ihm eine Zigarette an:

„Bei dieser Musik gilt Nikotinpflicht.“

Er lehnte ab, doch sie hielt ihm weiter die Zigarettenschachtel über das Balkongeländer hin, bis er eine nahm. Sie gab ihm Feuer und im Schein der kleinen Flamme sah er, dass sie älter war als er und ein interessantes Gesicht besaß, welches ihn an Maria Callas erinnerte.

Sie hörten rauchend zu. Das nächste Lied wurde angestimmt und sie meinte bedauernd:

„Die singen Janis Joplin und ich habe kein Grass dabei.“

„Das waren gute Zeiten damals.“

„Es ärgert mich noch heute, Woodstock verpasst zu haben.“

„Da waren Sie doch noch viel zu jung.“

Sie lachte ihn an:.

„Jetzt machst du mir aber Komplimente!“

Nach dem Joplin-Lied spielten sie etwas Italienisches. Die Atmosphäre der lauen Nacht, der Gesang jener jungen Leute und diese Frau brachten ihn auf andere Gedanken. Als die Musik endete, rief die Frau mit lauter Stimme in den Park:

„Per favore, *I´ve got a friend* from Signore James Taylor!“

Zuerst herrschte Totenstille, dann drang munteres Gelächter durch die Bäume. Bald standen zwei junge Männer und eine jugendlich wirkende Frau unter ihrem Hotelbalkon und begannen das Lied zu singen. Die seit langem nicht mehr gehörte Melodie jagte ihm einen Schauer über den Rücken und der Frau nebenan schien es nicht anders zu ergehen. Danach klatschten sie Beifall, die Frau verschwand kurz im Zimmer, warf den Musikern eine Schachtel Zigaretten zu und fragte, warum sie Lieder spielen, die älter seien als sie selbst. Die drei lachten nur, bedankten sich für die Zigaretten und verschwanden wieder im Park.

„Ich geh schlafen mit James Taylor. Gute Nacht“, sagte sie.

Sie schloss die Balkontür und Stille legte sich über den Park. Wenn er morgen nicht die Wahrheit über seinen Vater erfahren würde, hätte er die ganze Nacht hier verbringen und rauchend alte Lieder anhören können.

***

Beatrice holte ihn pünktlich ab. Sie umarmte ihren Patenonkel, berichtete die spärlichen Neuigkeiten der letzten zwölf Stunden und fuhr mit Frank zu ihrer Oma, wo sie wegen des dichten Verkehrs erst am späten Vormittag eintrafen. Unterwegs erzählte er ihr von dem nächtlichen Erlebnis. Sie war erstaunt, dass in diesem Dorf überhaupt etwas los war, da habe er Glück gehabt.

Als Beatrice den Weg zum Haus ihrer Eltern einbog, entfuhr es Frank:

„Traumhafte Lage."

Entfernt erkannte er die Konturen der Insel Elba. Sie parkte und ihre Eltern kamen aus dem Haus. Beatrice flüsterte ihm zu:

„Bitte wundern Sie sich nicht, Sie sind der ersehnte Schwiegersohn. Wenn ich meinen Vater in diesem Glauben lasse, haben wir mehr Zeit für Oma Francesca. Meine Mutter kennt das Spiel, Sie können also nichts falsch machen."

Beatrices Vater begrüßte Frank wie einen Freund, während er zu Beatrice bemerkte:

„Na also mein Kind, wird doch noch was."

Nach einigen Minuten aufgeregter Diskussion, von der Frank kein Wort verstand, nahm ihn Beatrice an der Hand und führte ihn ins Wohnzimmer ihrer Eltern.

Ihr Vater hatte bereits Espresso aufgesetzt, brachte süßes Gebäck sowie Vino Santo an den Tisch und fragte:

„Bambini?"

Frank hörte das Gelächter von Beatrice und ihrer Mutter aus der Küche und antwortete:

„Due."

Das Röcheln des Espressokochers unterbrach die weitere Familienplanung. Beatrice kam ins Wohnzimmer, stellte ihnen die kleinen Tassen hin und setzte sich neben Frank. Ihr Vater zwinkerte ihr zu:

„Due, perfetto."

Frank beobachtete neben Beatrice sitzend das rasante Familiengespräch. Er nahm etwas Gebäck, tauchte es in den Vino Santo ein und rühmte den Geschmack. Irgendwann verabschiedeten sich die Eltern, da sie Beatrices Anwesenheit dazu nutzen wollten, Besorgungen im nahen Cecina zu erledigen.

Frank war gespannt auf jene Frau, welche die Geschehnisse, um die sich sein Leben seit Wochen drehte, miterlebt hatte. Francesca saß sorgfältig gekleidet in einem großen Sessel, auf den ersten Blick erkannte Frank ihre einstige Schönheit.

„Oma, das ist Frank.“

Francesca ließ ihren Blick auf Frank ruhen.

"Sie sind der Sohn von Walter Beck? Dann sollten Sie das alles besser nicht hören."

Beatrice dolmetschte.

"Aber deshalb bin ich gekommen."

"Gut, wie Sie meinen."

"Beatrice, ich werde mich wiederholen, denn ich will, dass Herr Becks Sohn alles richtig versteht."

"Kein Problem, Oma. Mach wie du willst."

„Kurz nach meinem neunzehnten Geburtstag begannen die Sommeraufenthalte in Amalfi. Ich hatte erstmals drei Wochen Freiheit vor mir und wohnte bei meiner Tante, die mich zu beaufsichtigen hatte, was sie aber nicht sonderlich ernst nahm. Jene drei deutschen Männer fielen mir schon bei meiner Ankunft auf, da sie mich mit einem Kauderwelsch aus Italienisch, Englisch und Deutsch ansprachen.

Arthur Mintzberg war ein feiner Mann, das erkannte ich gleich, sein Humor hatte Niveau und sein Benehmen etwas Weltläufiges. Walter Beck war von Beruf Kaufmann, aber eigentlich ein vergeistigter Ästhet, unnahbar und auch irgendwie geheimnisvoll, obwohl er immerzu lächelte und meist in seinen Büchern las. Paul Jonard hingegen wirkte verstockt, ich spürte sein Bemühen, sich locker zu geben. Er warf mir Blicke zu, die ich in meiner Höflichkeit vielleicht zu wenig abwehrte und ihm dadurch Hoffnungen machte. Es sollte aber Arthur Mintzberg sein, der mich schließlich eroberte und darum bat, mich malen zu lassen. Da brauchte er mich nicht zweimal zu fragen. Der Maler Torricini war ein angesehener Künstler in Positano und seit über fünfzehn Jahren Arthurs Freund. Sie hatten sich bei einer Ausstellung in Florenz kennengelernt. Da ich Torricini vertraute und Arthur eine Freude machen wollte, ließ ich mich auch unbekleidet malen. Unangenehmerweise bekam Jonard die fertigen Bilder zu sehen und reiste noch am gleichen Tag ab. Wir waren uns einig, dass er mein Verhalten völlig falsch gedeutet hatte.

Die letzte Woche meines Aufenthalts in Positano war ich täglich mit Arthur zusammen. Meine Tante überprüfte nachts gelegentlich, ob ich alleine schlief, und war zufrieden, denn wir trafen uns tagsüber in seinem Zimmer.

Er schrieb mir später Briefe in nahezu perfektem Italienisch, unübersehbar seine Mühe, die er sich mit dem Wörterbuch gab. Die Bekanntschaft mit Paul Jonard war demnach zum Stillstand gekommen, mit Walter Beck hingegen verband ihn weiterhin eine enge Freundschaft. Mit Hitler nahmen seine Probleme stetig zu, er schrieb vom Berufsverbot, der erzwungenen Versteigerung des größten Teils seiner Sammlung zu Spottpreisen, von der Sondersteuer auf den mageren Erlös und dem Versuch, seine übriggebliebenen Bilder, welche als private Ausstellung in einem Münchner Anwesen hingen, nach Amsterdam zu retten. Der Besitzer jenes Anwesens hatte Arthur gewarnt, dass die Gemälde bei ihm nicht mehr sicher seien. So habe Walter Beck in seiner Firma die Bilder jener Ausstellung als Stofflieferung getarnt und bei ihrem gemeinsamen Bekannten Jonard, der eine Spedition betrieb, aufgegeben, ohne ihn über den wahren Inhalt aufzuklären. Die Lieferung sei jedoch nie angekommen. Arthur war sich sicher, dass Jonard davon Wind bekommen und ihn hintergangen habe, wenngleich er dies wohl nie beweisen könne. Danach kam für lange Zeit kein Brief mehr. Ich heiratete und verlor meinen Mann im Krieg, trauerte sechs Jahre bis erneut ein Brief von Arthur eintraf. Er hatte den Krieg in Positano überlebt und wollte mir dies mitteilen. Ich fuhr Hals über Kopf zu ihm und alles war plötzlich wieder lebendig, als wären die schrecklichen Jahre dazwischen nie gewesen. Oder vielleicht auch gerade deshalb, ich weiß es nicht. So entstanden zwei neue Portraits, das war 1952. Walter Beck bot Arthur im gleichen Jahr seine Hilfe an, die verlorene Sammlung zu suchen, leider erfolglos, er kam ohne ein einziges Bild aus Deutschland zurück. Auch Arthurs Anträge auf Restitution seiner zwangsversteigerten Bilder bei der deutschen Regierung wurden abgelehnt. Besonders bitter war, dass das Ablehnungsschreiben vom gleichen Mann unterschrieben war, der damals den Bescheid über sein Berufsverbot und die Versteigerung der Sammlung erlassen hatte. So sei es auch Nachfahren von anderen jüdischen Kunsthändlern ergangen. Was sollte er von einem Land erwarten, das trotz Entnazifizierung die gleichen Personen in nahezu gleicher Funktion wieder einsetzte? Sein letzter Brief von 1974 war dann völlig verbittert."

Sie bat Beatrice, ihr die Kiste zu geben. Francesca setzte ihre Brille auf, durchsuchte die Briefe, um schließlich einen davon zu lesen. Beatrice lächelte Frank zu, der gespannt darauf wartete, was nun kommen würde.

Francesca fuhr fort:

„Arthur hat nachforschen lassen, dass sich mehrere seiner Bilder im Besitz von Paul Jonard befanden. Außerdem hatte er zwei andere seiner Gemälde bei einer Auktion entdeckt und den Verkäufer recherchiert: ein Münchner Kunsthändler, der die Bilder von einer gewissen Natalia Baumbach erhalten hatte, die sie aber ebenfalls nur im Auftrag verkaufte. Da diese Frau Baumbach früher neben Walter Beck gewohnt hatte, ging er davon aus, dass die Bilder in dessen Besitz gewesen sein mussten. Er sei sich nun sicher, dass Beck mit Jonard gemeinsame Sache gemacht habe und sie sich seinen Bilderbestand aufgeteilt hätten. Am Neujahrstag 1975 starb Arthur. Ich bin nie wieder nach Positano zurückgekehrt."

Frank war blass geworden.

„Jene Natalia Baumbach war Giamottis erste Frau. Es ist mir ein Rätsel, warum und in wessen Auftrag sie die Bilder verkauft hat. Etwa im Auftrag meiner Mutter? Ich war damals zehn Jahre alt und völlig ahnungslos."

Beatrice fragte:

„War Ihre Mutter wohlhabend?"

„Nein, zumindest weiß ich nichts davon. Meine Schwester hatte es nach ihrem Tod zwar eilig, Mutters Haus zu räumen, aber es ist kaum anzunehmen, dass im Dachboden eine Gemäldesammlung lag, es gab auch nie irgendeinen Hinweis auf ein Bankschließfach oder etwas in der Art."

„Wer weiß? Auf jeden Fall hat man Sie um Ihr Erbe betrogen."

„Wenn jemand betrogen worden ist, dann Mintzberg. Letztlich wäre es ein Erbe, das mir nie zustand."

„Das haben vielleicht nicht alle Beteiligten so gesehen. Wenn wir davon ausgehen, dass Ihre frühere Nachbarin, diese Natalia Baumbach, die Bilder nicht gestohlen hat, dann erhielt sie die Sammlung entweder von Ihrer Mutter oder Ihrer Schwester, um sie zu verkaufen. Dadurch müsste der Erlös des Verkaufs irgendwo zu finden sein."

„Es gab kein Vermögen bei uns. Auch meine Schwester musste für ihre Firmengründung Kredite bei Banken aufnehmen, oft genug hat sie darüber gejammert."

„Und Sie sind sich sicher, dass Ihre Schwester Ihnen nichts verheimlicht hat?"

Er saß schweigend da, in seinem Kopf schwirrte es.

„Nein, sicher bin ich mir nicht."

Francesca gab ihrer Enkelin zu erkennen, dass sie erschöpft sei und das Gespräch beenden wolle. Frank bedankte sich mehrmals bei Francesca. Sie sagte zu ihm:

„Blicken Sie nach vorne. Die Vergangenheit kann einen verrückt machen."

Er nickte ihr zu und ging mit Beatrice nach draußen. Ihre Eltern kamen eben zurück und der Vater lud sie zum Essen ein, doch Beatrice drängte auf einen sofortigen Abschied. Im Auto sagte sie zu ihm:

„Danke für Ihr Mitspielen. Meine Eltern werden mein Privatleben nie verstehen. Den Beruf wichtiger zu nehmen als die Gründung einer Familie, ist ihnen unerklärlich."

Sie bog auf die Landstraße ein, die zur Autobahn nach Florenz führte. Die Fahrt verlief schweigend, jeder hing seinen Gedanken nach. Frank drängte sich die Frage auf, ob er die Wahrheit über dieses verschwundene Vermögen wirklich erfahren wollte. Dass sein Vater ein krimineller Heuchler war, schien festzustehen, doch irgendwie berührte ihn das kaum. Und Natalia? Warum hatte sie nicht dafür gesorgt, dass er sein Erbe erhielt? Und wie war sie an die Bilder gekommen? Gab es einen Auftraggeber? Oder hatte seine Schwester ihn hintergangen und falls ja, hatte seine Mutter davon gewusst und dies gebilligt? War es letztlich nicht besser, nichts zu wissen? Er fühlte sich elend. Wenn überhaupt, empfand er nur Mitleid mit Mintzberg, der von seinen ehemaligen Freunden derart hintergangen worden war. Er ahnte, dass seine Zweifel in ihm bohren würden, bis er alle Details der damaligen Geschehnisse kannte. Wenn jemand mehr über Natalias Rolle wissen konnte, dann Giamotti, ihr späterer Ehemann.

Kurz vor Florenz sprach er Beatrice darauf an. Auch sie war zu der Überzeugung gekommen, dass neben seiner Schwester nur noch Giamotti Auskunft geben konnte.

Am Spätnachmittag setzte Beatrice ihn an der Pension von Roberto ab. Er bedankte sich vielmals und versprach, sie nach seiner Rückkehr auf dem Laufenden zu halten. Sie tauschten ihre Telefonnummern aus.

Auf dem Zimmer konnte Frank endlich Juliette auf dem Handy erreichen. Er berichtete ihr, dass Natalia tatsächlich

Giamottis erste Frau war. Sie redeten lange über die nun eingetretene Situation im Orchester und Giamottis Weigerung, sie spielen zu lassen. Danach sprach er seinen Besuch bei Beatrice Clementis Großmutter und die frustrierenden Erkenntnisse an, doch Juliette schien nichts davon hören zu wollen. Da er keine Lust auf einen Streit mit ihr hatte, legte er nach einer ungewohnt kühlen Verabschiedung auf.

Entweder hatte Juliette Druck von ihren Eltern bekommen oder das Herumstochern in der Vergangenheit wurde ihr tatsächlich zu viel. Sie war jung, das durfte er nicht vergessen.

Er betrat den Balkon und sah den angrenzenden Park nun bei Tageslicht. Ihm schwirrte noch immer der Kopf, zuerst das Gespräch mit Beatrices Großmutter und dann Juliettes distanziertes Verhalten. Er ging zu Roberto, der laut Beatrice gut französisch sprach und fragte ihn nach einem Fahrrad. Roberto grinste nur und machte ein Zeichen, ihm zu folgen. Auf der Rückseite der Pension stand ein Holzschuppen, worin sich neben Gartengeräten ein mit etlichen Decken verhüllter Gegenstand befand, der sich als altes Rennrad entpuppte. Stolz berichtete Roberto, dass er damit 1954 als Zwanzigjähriger die Tour de France gefahren und bis Paris gekommen sei, der Triumph seines Lebens! Das Rennrad sei alt, aber in gutem Zustand und für einen Bekannten von Beatrice wäre er bereit, es auszuleihen. Frank könne es in zwanzig Minuten holen, da er es fahrbereit machen müsse.

Frank zog ein T-Shirt und eine halblange Hose an. Als er unter den strengen Augen von Roberto aufs Rad stieg, musste dieser laut lachen.

„Profimaschine und Amateurkleidung, wenn das mal gut geht."

Der abenteuerliche Fahrstil der italienischen Autofahrer zwang ihn zu konzentriertem Fahren. Nach zwei Stunden kehrte er verschwitzt und zufrieden zur Pension zurück. Erleichtert nahm Roberto sein Rad entgegen und klopfte ihm auf die Schulter.

Nach dem Duschen bekam er Hunger. Am Ortsausgang hatte er ein Schild entdeckt: Ristorante di Mulio. Der Weg dorthin führte steil abfallend durch den Wald und endete bei einer Mühle, die zu einem Restaurant umgebaut worden war.

Nach Einbruch der Dunkelheit machte er sich auf den Rückweg und hatte Mühe, dem Verlauf der unbeleuchteten Straße zu folgen. Zurück in seinem Zimmer öffnete er die Balkontür und warf einen Blick nach draußen. Nebenan saß seine Zimmernachbarin und legte gleich los.

„Und, wie war dein Tag? Heute spielen unsere Musiker leider nicht, die ganze Zeit über sind mir deren Lieder im Kopf herum gegangen, so dass ich stundenlang in Florenz unterwegs war, um eine CD von James Taylor zu finden. Stell dir vor, auf einem Flohmarkt erstand ich eine Platte von ihm, eine richtig alte aus Vinyl mit dem originalen Cover, wie ich sie früher besaß! Und Roberto hat tatsächlich noch einen funktionierenden Plattenspieler. Wir haben die Platte in voller Lautstärke angehört und Wein dazu getrunken, er ist ein faszinierender Mann. Danach hat er sich die Platte auf ein altes Röhrentonbandgerät überspielt und den ganzen Nachmittag laufen lassen. Er kannte James Taylor bisher nicht."

„Und mir hat er sein Rennrad ausgeliehen, mit dem er vor vielen Jahren die Tour de France gefahren ist."

„Ein starker Typ, schade dass er keine zwanzig Jahre jünger ist."

Sie lachte mit ihrem breiten Mund und wurde dann übergangslos ernst.

„Ich mache gerade ein Sabbat-Jahr und lebe seit über zehn Monaten in Italien. Bald geht die Schule wieder los und ich habe keine Ahnung, wie ich in den Lehreralltag zurückfinden soll. Sorry, ich nutze unsere Balkonbekanntschaft schamlos aus, um dich mit meinen Luxussorgen zu belästigen."

„Wie kommst du in diese abgelegene Pension?"

„Billig und nahe bei Florenz. Ich bin erst seit kurzem hier, zuvor war ich zwei Monate auf Sardinien."

Sie zündete sich eine neue Zigarette an.

„Und was verschlägt dich hierher?“

„Das ist eine lange Geschichte, die ich dir lieber erspare.“

„Schade, ich mag lange Geschichten.“

„Ich fliege morgen nach Deutschland zurück, selbst ohne Schlaf würde die Zeit kaum ausreichen.“

„Gut, hab ich verstanden. Aber hättest du Lust, unserem Roberto einen Besuch abzustatten? Mit Musik aus den 70er Jahren und seinem guten Wein machen wir eine kleine Abschiedsfeier für dich?“

„Ob Roberto einverstanden ist?“

Sie lächelte ihn an.

„Ich gehe runter und schlag es ihm vor.“

Kurz darauf klopfte es an seiner Zimmertür. Sie rief, er solle runterkommen, Roberto sei bereits im Weinkeller. Frank war froh über die Ablenkung und ging nach unten. Die Musik von James Taylor schallte durchs ganze Haus, doch die Platte schien etliche Kratzer zu haben, was seine Zimmernachbarin, von der er noch nicht mal den Namen wusste, aber nicht zu stören schien.

„Die Platte hat reichlich Patina“, sagte er.

„Deshalb passt sie ja auch zu mir. Kratzer, Dellen und ein halb ruiniertes Cover.“

„Du tust, als wärst du achtzig.“

„Willst du schon wieder ein Kompliment loswerden? Schau lieber mal nach Roberto, er scheint sich beim Wein nicht entscheiden zu können.“

Sie deutete in Richtung Gang. Frank ging durch eine offen stehende Tür in den Keller und sah Roberto vor dem Weinregal stehen. Murmelnd nahm er immer wieder Flaschen heraus und besah sie kritisch. Die Lampe an der Kellerdecke leuchtete grell, so kam Robertos schneeweißes Haar voll zur Geltung.

„Roberto, können Sie sich nicht entscheiden?“

Er drehte sich um und lächelte ihm verschmitzt zu.

„Sie ist ein Rasseweib, oder?“

Frank war verblüfft und nickte nur. Roberto legte ihm die Hand auf die Schulter.

„Aber kein Wort zu Beatrice!"

„Ehrenwort.", versprach Frank.

Robertos einzige Sorge schien zu sein, dass seine Schwärmerei bis zu Francesca durchdringen würde. Frank bedauerte, dass Liebesdinge auch im Alter nicht einfacher wurden. Francesca war vierundneunzig, Roberto demnach einundachtzig, diese schicksalshaften dreizehn Jahre, die ihn um das ersehnte Leben mit ihr gebracht hatten. Nun reichte Roberto ihm zwei Flaschen und sie gingen wieder nach oben.

Seine Zimmernachbarin hatte inzwischen Kerzen aufgestellt. Aus der Küche brachte sie Weißbrot mit eingelegten Paprikaschoten und fragte Roberto, wo er das Olivenöl habe. Seine Augen leuchteten, als er mit ihr in die enge Speisekammer ging, um den Blechkanister zu holen. Großzügig übergoss sie die Weißbrotscheiben mit Öl und entkorkte die Flasche, während Roberto die Karaffe brachte, die sie mit dem tiefroten Wein füllte.

„Maria, du bist ein Schatz.", sagte er zu ihr.

Sie strahlte ihn an.

„Habe ich da den Namen Maria gehört?", hakte Frank nach.

„Ja, ich bin nun mal die Callas für ihn, das passiert mir ständig."

Maria ging zum Plattenspieler, um die Platte zu wenden. Dann tranken sie Wein und Roberto begann mit Maria zu plaudern, immer wieder unterbrochen von lautem Gelächter. Es schien, als würde Roberto mit jedem Lachen etwas jünger. Nach dem dritten Abspielen begann Maria in den Platten von Roberto zu kramen und stieß irgendwann einen Schrei aus. Sie hatte eine Platte von Simon & Garfunkel in der Hand, die sie gleich auflegte. Roberto beteuerte keine Ahnung zu haben, wie diese Platte in seine Sammlung geraten war.

Die zweite Flasche Wein war leer, da bat ihn Roberto im Weinkeller Nachschub zu holen. Frank wunderte sich, dass er die Wirkung des schweren Weins kaum spürte, bis Maria ihn aufklärte, dass es sich bei den Weißbrotscheiben genau genommen um Olivenöl handelte, welches Spuren von Weißbrot enthalten könnte. Sie übersetzte ihre Bemerkung für Roberto, der sich jauchzend mit den Händen auf die Knie schlug.

Frank ging in den Keller und nahm eine Flasche, deren Etikett ihn ansprach, mit nach oben. Dort saßen Maria und Roberto vor dem riesigen Plattenschrank und lachten Tränen.

Maria erklärte ihm, dass Robert ein alter Lügner sei. Er habe mindestens hundert Platten mit amerikanischer Musik aus den 60er und 70er Jahren. Eine seiner Töchter wohne in Amerika, sei dort mit einem Musikproduzenten verheiratet und habe Roberto mit Platten versorgt. Er kenne James Taylor besser als sie und habe ihr mit seiner Begeisterung über den Flohmarktfund lediglich eine Freude machen wollen. Roberto sei ein italienisches Schlitzohr.

„Und jetzt schau her: da ist sie, die Platte von Carly Simon."

Maria legte sie auf, schloss die Augen und man konnte meinen, die vor ihm stehende Callas setze zu einer herzzerreißenden Arie an. Aus den Lautsprechern ertönte dieses tiefe Gemurmel, dann die charakteristischen Gitarrenakkorde und schließlich Carly Simons Stimme. Das war *You're so vain*, welches sie am Abend zuvor vom Balkon aus gehört hatten. Während Maria auf Wolken zu schweben schien und Roberto selig vor sich hin grinste, öffnete Frank den Wein und schenkte nach. Irgendwann legte Roberto eine Platte von Paolo Conte auf und bat Maria mit ihm zu tanzen. Spätnachts warf Frank einen Blick auf die Uhr und deutete dem immer enger tanzenden Paar an, dass er nun aufs Zimmer gehe.

Als Frank am nächsten Morgen die Zimmerrechnung bezahlen wollte, war die Rezeption leer. Er klopfte an Robertos Wohnzimmertür, doch es regte sich nichts. Da er zum Flughafen musste, schrieb er Roberto einen Zettel mit der Bitte, ihm die Rechnung zu übersenden, er könne sie ihm gerne über Beatrice zukommen lassen.

Auf dem Weg zum Flughafen kam er durch Fontebuona, wo er sich nochmals bei Beatrice bedankte und sie darum bat, Roberto an die Zimmerrechnung zu erinnern. Beatrice blickte ihn fragend an und er berichtete kurz vom vorhergehenden Abend zu dritt.

„Sie dürfen aber nichts von seiner Schwärmerei wissen, ich habe es Roberto versprochen. Er scheint es vor Francesca verheimlichen zu wollen."

Beatrice lachte:

„Schon klar! Wenn Roberto wüsste, was ich alles von ihm weiß, dieser alter Frauenheld!"

***

Juliette saß in Franks Wohnung und wartete auf seine Rückkehr aus Florenz. Sie fühlte sich elend wegen eines weiteren Telefonats mit ihrer Mutter, die sie zwar dafür lobte, nun auf eigenen Füßen zu stehen, ihr danach aber wegen der alten Bildergeschichte derart zusetzte, dass sie nun selbst nicht mehr wusste, wem oder was sie glauben sollte. Ihre Mutter war inzwischen davon überzeugt, dass Herbert nichts zu verbergen habe. Frank versuche doch nur, die Unschuld seines Vaters auf Kosten der Familie Jouard nachzuweisen und erfinde irgendwelche Indizien, die nichts beweisen könnten. Sie, Juliette, solle sich nicht hinein ziehen lassen oder wolle sie etwa ihre eigene Familie kriminalisieren? Herbert habe die letzten Tage gelitten, sie mache sich ernstlich Sorgen um seine Gesundheit. Sie wolle nichts mehr davon hören. Juliette solle zur Vernunft kommen und sich siebzig Jahre alte Gerüchte aus dem Kopf schlagen. Außerdem sei es besser, nicht länger bei Frank wohnen zu bleiben. Daher wären sie auch bereit, ihr eine Wohnung zu bezahlen.

Der Monolog ihrer Mutter war ihr nicht mehr aus dem Kopf gegangen und ob sie wollte oder nicht, sie musste ihr zustimmen. Warum sollte ausgerechnet *sie* eine fragwürdige Buße tun für einen Großvater, den sie kaum gekannt hatte. Im Grunde hatte sie genug von dieser Geschichte und außerdem eine traumhafte Arbeitsstelle. So dankbar sie Frank für alles war, so sehr drängte sich nun der Gedanke auf, dass es keine gemeinsame Zukunft geben würde. Das betrübte sie, andererseits schien es, als würden damit dunkle Wolken aus ihrem Leben verschwinden.

Als sie das Türschloss hörte, begrüßte sie Frank in distanzierter Stimmung, doch nach dem Vorfall vor seiner Abreise und dem seltsamen Telefonat hatte er so etwas erwartet. Ungeachtet dessen berichtete er von Beatrices Großmutter.

“Damit ist klar, dass dein Großvater ebenso wie mein Vater diesen Mintzberg betrogen hat. Mein Vater hat ihm danach sogar noch seine Hilfe angeboten, diese Verlogenheit muss man sich mal vorstellen! Es ist ein beschissenes Gefühl, von so jemand abzustammen, den man gleichzeitig als Kind so geliebt hat.“

Juliette saß blass da.

„Was ist los mit dir?“, fragte er sie.

Sie sah ihn an und verschwand dann wortlos ins Schlafzimmer. Er klopfte und sie antwortete durch die Tür:

„Lass mich, ich muss alleine sein.“

Frank duschte und machte sich in der Küche eine Kleinigkeit zu Essen, da er am frühen Abend einen Termin bei Giamotti hatte, den er sich bereits vor dem Rückflug in Florenz telefonisch über eine Kollegin von Anne hatte geben lassen. Er war froh, dass er die Wohnung wieder verlassen konnte, Juliette war kein einziges Mal aus dem Schlafzimmer gekommen.

Das Hotel „Reger Continental“ war ein Fünf-Sterne-Hotel, wo Giamotti in der Präsidenten-Suite residierte. Er erwartete Frank bereits.

„Guten Tag Signore Giamotti, ich bin Frank Beckmann, ihr Büro hat mir einen Termin bei Ihnen gegeben.“

„Ich weiß, man hat mir erklärt, wer Sie sind. Sie haben unseren Konzertmeister vertreten.“

Er bot Frank einen Platz auf einem Ledersessel an und ließ sich gegenüber auf dem Sofa nieder.

„Was führt Sie zu mir?“, fragte er.

„Die Vergangenheit und einige Fragen. Dazu muss ich etwas ausholen. Darf ich?“

Giamotti nickte ihm zu.

„Alles begann damit, dass ich in Ihrer Sammlung den Mahier entdeckte. Ich erkannte an einigen Details, dass dieses Gemälde früher bei meinen Eltern im Haus hing und fragte mich, welchen Weg es hinter sich haben musste.“
Er berichtete weiter vom Nachlass seiner Mutter, von Arthur Mintzberg und dessen verlorener Sammlung, die er teilweise bei Herbert Jouard in Evian wieder entdeckt hatte, vom Kontakt im Internet zu Beatrice Clementi, die wiederum in dem Italienischen Akt in seiner Villa erkannte, dass die abgebildete Frau ihre Großmutter ist. Da diese noch lebt, konnte sie bestätigen, dass sein Vater zusammen mit Jouard Senior die Gemälde von Mintzberg 1936 gestohlen hatte. Jouards Sohn habe diese Bilder teilweise verkauft, vier seien noch in seinem Besitz und einen, eben jenen Italienischen Akt, habe er an ihn, Maestro Giamotti, gegeben. Soweit habe er alles recherchieren können. Aber der Weg des Mahier sei unaufgeklärt.

„Und hier habe ich nun eine konkrete Frage.“

„Langsam, langsam“, fiel Giamotti ihm ins Wort:

„Woher wissen Sie, dass ich diesen *Italienischen Akt* von Jouard bekommen haben soll?“

Frank musste schlucken, aber Beatrice hatte ihn darauf vorbereitet und ihm erlaubt, die Wahrheit zu sagen.

„Das weiß ich von Beatrice und diese wiederum erfuhr es von Ihrer Gattin Chiara.“

Giamotti lächelte. Wenn *das* der einzige Grund war, warum Chiara in seinen Akten schnüffelte, war er erleichtert.

„Ja, es stimmt. Es war ein Geschäft mit Jouard. Ich vermittelte ihm Interessenten für sein Immobiliengeschäft und er gab mir dafür dieses Gemälde.“

„Haben Sie noch Kontakt zu Jouard?“

„Nein, seit der Übergabe des Bildes vor, warten Sie, ich schätze zwanzig Jahren, haben wir uns aus den Augen verloren.“

Er sah Frank an.

„War das Ihre Frage?“

„Nein, nein, das klärt ja nicht, warum der Mahier bei Ihnen in Florenz hängt. Die Frage ist etwas indiskret und ich will erklären, wie ich darauf komme. Ihre erste Frau Natalia war in meiner Kindheit und Jugend unsere Nachbarin, bis sie 1977 plötzlich verschwand. Jene Natalia hatte Kunstverstand und motivierte mich immer, Geige zu üben, weshalb ich ..."

Giamotti unterbrach ihn mit ungläubigem Blick:

„Warten Sie."

Er dachte nach.

„Waren Sie etwa jener Schüler, der in den Genuss von äußerst angenehmen Motivationsstunden kam?"

Frank lächelte ihn an.

„Sie hat Ihnen davon erzählt?"

„Ja, ich war neugierig auf Natalias früheres Leben, wenngleich ich immer Zweifel hatte, ob sie es nicht zu sehr ausschmückte. Sie bezeichnete sich als vertriebener Adel deutsch-polnischer Herkunft. Der Mahier sei der Beweis ihres Adelsgeschlechts."

„Hat sie etwas von größeren Gemäldeverkäufen erzählt?"

„Aber natürlich, immer wieder berichtete sie von ihrem fulminanten Einstieg in den Kunsthandel zusammen mit einer jungen deutschen Frau."

Frank sah ihn gespannt an.

„Diese junge Frau, deren Namen mir entfallen ist, besaß eine Gemäldesammlung, die sie verkaufen wollte. Natalia war begeistert und hatte bei ihren Konzertbesuchen in München monatelang Kontakte geknüpft, Besuche gemacht und schließlich alle Bilder verkauft. Als Provision hat sie den Mahier sowie eine größere Geldsumme erhalten. Damit verließ sie Deutschland und kam nach Rom, wo sich unsere Wege glücklicherweise kreuzten."

„Könnten Sie den Namen dieser jungen Frau herausfinden?"

„Gut möglich, denn sie hat alle Unterlagen dazu aufbewahrt. Obwohl ich ihr diese Geschichte auch ohne Beweis geglaubt hätte, sie war einfach zu originell, um erfunden zu sein. "

„Wann sind Sie wieder in Florenz?“

„Warum?“

„Ich würde mich brennend für den Namen jener jungen Frau interessieren.“

Giamotti sah ihn gut gelaunt an.

„Für meinen Vorgänger bei Natalia mache ich mal eine Ausnahme.“

Er griff zum Telefon und wählte eine Nummer. Frank begriff, dass er mit seinem Hauspersonal telefonierte und ihm Anweisungen gab. Dann legte er auf.

„Warten wir auf den Rückruf, mein Maestro di Casa sucht die Unterlagen.“

„Vielen Dank!“

Frank war nicht klar, ob Giamotti auch wusste, dass Natalia in Deutschland verheiratet war und eine Tochter hatte. Wenn sie ihm dies verschwiegen hatte, dann musste sie ihre Gründe gehabt haben. Von ihm würde er nichts erfahren.

„Als Natalia mir damals erzählte, wie sie unter Ihrem Brahms dahin schmolz, dachte ich mir, dass ihr Solisten eine echte Konkurrenz zu uns Dirigenten seid. Aber bei Natalia war ich wohl altersmäßig im Vorteil.“

„Sie fehlt Ihnen sehr?“

Giamotti sah ihn an.

„Wie kommen Sie darauf?“

„Ich kenne die Geigerin, die demnächst in Ihrem Orchester anfängt. Deren verblüffende Ähnlichkeit mit Natalia ist mir selbst sofort aufgefallen. Auf die Idee, dass Sie Natalia gekannt haben könnten, kam ich erst, als ich von Ihrer Reaktion auf Ihr Zusammentreffen gehört habe. Ihre Frau bestätigte mir dann, dass Natalia Ihre erste Frau war.“

Giamotti atmete tief durch und ließ seinen Blick durchs Fenster über die Dächer der Stadt schweifen. Draußen begann es zu dunkeln.

„Herr Beckmann, eigentlich sollte ich Sie hinauswerfen, so wie Sie in meinem Leben herumschnüffeln.“

Er sah ihn eindringlich an und fuhr in einem wesentlich freundlicheren Tonfall fort:

„Aber gleichzeitig sind Sie der erste Mensch, den ich treffe, der Kontakt zu Natalia hatte. Und was für einen!“

Frank lächelte.

Giamotti wurde wieder ernst.

„Haben Sie für diesen Abend etwas vor? Ich würde gerne eine Flasche Wein aufs Zimmer kommen lassen und mit Ihnen über die Vergangenheit reden.“

Giamotti rief den Zimmerservice an und bestellte zwei Flaschen Amarone des Jahrgangs 1992 und wurde plötzlich ungeduldig. Er brüllte ins Telefon:

„Dann besorgen Sie mir eben welchen. In dieser erbärmlichen Stadt wird es doch wohl einen vernünftigen Wein geben.“

Er legte auf und lächelte Frank an.

„Erzählen Sie mir alles, was Sie von Natalia wissen.“

Frank stockte:

„Wirklich alles, auch die Details?“

„Alles!“

Er begann zu berichten, musste sich aber konzentrieren, um Natalias Mann und deren Tochter nicht zu erwähnen. Als er bei ihrem Entschluss, die Treffen mit ihm zu beenden, angelangt war, kam der Wein aufs Zimmer. Frank war heilfroh, Natalias ehelose Variation ihres Lebens schlüssig beschrieben zu haben, angetrunken hätte er sicherlich Fehler gemacht.

Sie füllten ihre Weingläser und Giamotti begann zu erzählen.

„Ich weiß es noch wie heute. Nach einem Konzert stand sie plötzlich im Dirigentenzimmer und sagte mir in ihrem fehlerhaften Italienisch, dass ich den zweiten Satz der Brahms-Sinfonie auf keinen Fall so interpretieren könne. Es sei unverzeihlich, ihn derart durchzujagen, er brauche Zeit, die man sich lediglich nehmen müsse, die Musik bekäme man dadurch quasi geschenkt. Da ich die anderen drei Sätze im Grunde verstanden hätte, fühle sie sich verpflichtet, mich darauf hinzuweisen. Zuvor hatten mir etliche Persönlichkeiten zu dem Konzert gratuliert und mir ihre Hochachtung ausgesprochen. Sie kam als Letzte und warf mir ihre Kritik mit einer unglaublichen Kühnheit an den Kopf - ich war sofort in sie verliebt, obwohl ich sie hätte abweisen sollen wegen ihrer anmaßenden Beurteilung. Ich fragte sie, ob sie sich vorstellen könne, mein Dirigat zu übernehmen. Sie lächelte und meinte, das sei kein Problem. Da wusste ich, dass sie nicht nur schön und mutig war, sondern auch verwegen und größenwahnsinnig. Einer derartigen Seelenverwandten bin ich noch nie zuvor begegnet. Dass es noch über zwei Wochen dauerte, bis sie endlich bei mir übernachtete, hatte mit ihrem Durchsetzungswillen zu tun. Brahms blieb der einzige Komponist, in den sie sich weiter einmischte. Wenn ich zu Hause andere Komponisten auf dem Klavier spielte, erwartete ich ständig Widerspruch, doch der blieb aus."

Giamotti lächelte Frank an:

„Auch du kamst über Brahms an dein Ziel."

Die zweite Flasche war bereits halb leer als Giamotti anfing, ihn zu duzen. Frank wagte es nicht, ihn ebenfalls zu duzen.

Irgendwann läutete das Telefon.

„Ah, Giorgio, bene."

Er schrieb etwas auf einen Notizblock, legte auf und reichte Frank den Block: Ingrid Beck.

Frank wurde übel.

„Das ist meine Schwester."

Giamotti starrte Frank eine Weile an und hob den Blick dann zur Decke. Es schien, als müsste er Franks letzte Worte verarbeiten und den Zusammenhang herstellen, der sich auf das Gespräch am Beginn ihrer Begegnung bezog. Der Wein bewirkte ein Verlangsamen seines Denkens, was Frank aber recht war. Ihm schwirrte der Kopf nicht nur vom Wein.

Sein Vater war ein ehrloser Dieb und seine Schwester machte damit viel Geld. Zwischen Vaters Tod und Natalias Verschwinden lagen fünf Jahre. Wahrscheinlich hatte sie zuerst Ingrid beim Verkauf der Bilder geholfen und dann, vielleicht aus schlechtem Gewissen, ihm ihre Zuneigung als Belohnung für gutes Geigenspiel geschenkt. War das Kalkül? Mitleid? Auf jeden Fall sah jetzt alles anders aus. Wusste seine Mutter davon? Hatte sie überhaupt eine Ahnung, welches Vermögen damals im Speicher lag?

Ihn schockierte die Durchtriebenheit seiner Schwester, zudem hatte sie nie einen Gedanken daran verschwendet, dass ihm die Hälfte von Vaters Erbe zugestanden hätte. Er wusste nicht, ob Natalia ein Vorwurf gemacht werden konnte. Sie kannte Kunsthändler in München, hatte Spaß am Kunstbetrieb, am Geschäftemachen, am Verkaufen der Bilder, eine Moral oder gar Misstrauen, wie die Sammlung in Besitz von Vater gekommen war, kannte sie offensichtlich nicht. Das Geld und der Mahier war die Provision für den Verkauf der Bilder. Er spürte, dass er im Grunde froh war, nie mit diesem Geld in Berührung gekommen zu sein. Trotzdem fühlte Frank sich elend. Da ertönte Giamottis Stimme.

„Sie hat dich um dein Erbe betrogen."

Frank musste lächeln. Giamotti hatte angesichts seines Alkoholpegels intellektuell Verblüffendes geleistet und nach fünf Minuten Schweigen die exakt richtige Schlussfolgerung getroffen.

„Und Natalia hat ihr dabei geholfen.", ergänzte Frank.

„Sie ahnte, dass dich das Geld vom Üben abhalten würde. Wie alt warst du als Natalia verschwand?"

„Siebzehn."

„Na also, siebzehn Jahre und ein unverhofftes Erbe, glaub mir, das zerstört jede Begabung."

„Ich soll Natalia demnach dankbar sein?"

„Die ganze Menschheit sollte ihr dankbar sein. Sie verkörpert das Göttliche."

Er schenkte sich den Rest der zweiten Flasche ein.

„Kennst du die Szene mit Mastroianni und der Ekberg im Trevibrunnen in Rom? Eine eklatante Fehlbesetzung. Natalia hätte dorthin gehört."

Jäh wich seine Wachheit einer stummen Betrübnis. Er schien darüber zu sinnieren, welche Konsequenzen eine solche Filmkarriere für Natalia und ihn gehabt hätte. Die tiefe Furche in Giamottis Stirn ließ ahnen, dass er wenig Chancen gegen Mastroianni sah. Schließlich lachte er wieder:

„Vergiss Mastroianni und die ganze verhurte Filmbranche. Sie war meine Frau und kannte Brahms wie niemand sonst. Sie ..."

Giamotti hatte in seiner wild gestikulierenden Art das Gleichgewicht verloren und war dabei vom Sofa gerutscht. Frank half ihm wieder hoch. Giamotti fragte mit glasigen Augen:

„Wie ging das damals aus mit euch? Verschwand sie einfach spurlos in Richtung Rom?"

„Sie hinterließ mir einen Brief."

„Was stand darin?"

„Dass sie einen Dirigenten suchen würde, der würdig wäre, mich als Solist zu begleiten. Sie hat sich aber nie mehr gemeldet."

Er stockte kurz und lachte dann laut los.

„Du bist klasse!"

Giamotti nahm mit Tränen in den Augen die Weinflasche und sah, dass sie leer war. Er griff zum Telefon, doch Frank schritt ein.

„Signore Giamotti, ich glaube wir haben genug."

Er hob seinen Zeigefinger:

„Ich bin Antonio."

„Antonio, ich glaube wir haben genug."

„Wo ist diese Geigerin mit dieser verblüffenden Ähnlichkeit? Ich will sie sehen."

„Das ist im Moment sicher keine gute Idee."

„Sofort!"

„Wir sollten erstmal in Ruhe darüber schlafen."

Giamotti packte Frank am Arm und wurde laut:

„Ich will, dass sie sofort hierher kommt. Du kennst sie, ruf sie an."

„Es ist spät, sie schläft schon."

Giamotti verfiel in einen unguten Zustand, er wirkte plötzlich streitsüchtig. Frank erinnerte sich an Annes Bemerkungen über sein aufbrausendes Temperament.

„Willst du mich verarschen? Wenn sie in meinem Orchester spielen will, dann hat sie jetzt hier zu erscheinen. Und du hast das zu veranlassen."

Frank stand auf und ging zur Tür.

„Ich gehe jetzt."

„Sie holen?"

„Nein, schlafen."

Giamotti machte eine abfällige Handbewegung und blickte ihm wütend nach.

Frank verließ das Hotel und lief ziellos durch den nahen Park. Er musste seine Gedanken ordnen, um die richtigen Schlüsse zu ziehen. Der Betrug seiner Schwester an ihm stimmte ihn bitter, auch wenn er im Grunde froh war, das Erbe damals nicht bekommen zu haben. Und was konnte er Juliette raten? Wie sollte sie sich nach diesem Vorfall gegenüber Giamotti verhalten? Dieser offenbarte in seiner Betrunkenheit eine fast gewalttätige Gier nach ihr, als habe er die Chance, erneut ein Glück wie damals zu erleben. Es war absehbar, dass er auch im nüchternen Zustand darauf zurückkommen würde, Frank konnte aber nicht einschätzen, mit welchen Mitteln er sein Ziel verfolgen würde.

***

Anne kam gut gelaunt ins Büro. Am Abend zuvor hatte sie mit ihrem Freund Pablo Schluss gemacht, woraufhin er unwirsch reagiert und sie eine frustrierte „Kultussi" genannt hatte. Anne blieb unklar, woher er dieses Wortgeschöpf hatte, jedoch fühlte sie sich danach erleichtert. Hinzu kam eine fast dankbare Milde gegenüber Giamotti. Sollte er diese Juliette kategorisch ablehnen, wäre sie spätestens nach Ende der Probezeit wieder draußen und Frank vielleicht wieder offener. Möglicherweise bedeutete die bevorstehende Scheidung den entscheidenden Schritt aufeinander zu. Anne lächelte über ihre Gedanken, deren leichtfertiger Charakter sich in ihrem Alter eigentlich verbot. In diesem Augenblick öffnete sich ihre Bürotür und Giamotti trat ein.

„Diese neue Geigerin ist akzeptiert, sie kann ab sofort mitspielen. Und sofort heißt heute, genauer jetzt."

Anne fuhr auf.

„Aber gestern hatten Sie doch noch ..."

„Euer deutsches Arbeitsrecht, eure Gewerkschaften, ich bin gezwungen, mich dem zu fügen."

Grinsend verließ er ihr Büro, sie hätte ihm am liebsten etwas nachgeworfen. Widerwillig rief sie Frank Nummer an:

„Deine Freundin hat in einer halben Stunde hier zu sein, da beginnt die Probe. Anweisung vom Chef."

Frank sagte kein Wort.

„Frank? Bist du noch dran?"

„Ja."

„Kannst du es ihr ausrichten, am besten sofort."

„Sie fährt gleich los."

Immer noch wütend warf sie den Hörer aufs Telefon und ging zu Harry Brunner, der sich gerade mit seinen Cellokollegen unterhielt. Sie teilte ihm Giamottis neueste Sinneswandlung mit. Brunner schien hocherfreut:

„Er akzeptiert bestehende Gesetze? So langsam beginnt sich der EU-Beitritt Italiens auszuzahlen."
„Aber die sind doch schon immer dabei", bemerkte Anne.
„Eben."
Einmal mehr ärgerte sie sich, Brunners Humor nicht schnell genug begriffen zu haben. In ihrem Büro wartete Giamotti.
„Anne, wir hatten auf der Schweiz-Tournee doch diesen Konzertmeister als Ersatz, Frank ... wie hieß er gleich nochmal?"
„Sie meinen Frank Beckmann?"
„Ja, genau. Ich brauche dringend seine Telefonnummer. Er war gestern Abend bei mir und ich muss ihn dringend sprechen."
Anne glaubte sich verhört zu haben.
„Frank war bei Ihnen?"
„Kennen Sie ihn?"
„Wir sind noch verheiratet, die Scheidung läuft."
Er grinste sie an.
„Tja, da lassen Sie einen klasse Mann laufen. Wenn das mal kein Fehler ist."
Er klopfte auf ihren Schreibtisch.
„Seine Nummer."
Sie gab sie ihm und verzichtete auf eine boshafte Bemerkung. Ihr Chef war und blieb ein Idiot.

Giamotti rief Frank von seinem Dirigentenzimmer aus an.
„Hallo Frank, hier ist Antonio. Mir ist heute Morgen etwas eingefallen, was dich interessieren könnte. Natalia hat einmal die Bemerkung fallen lassen, dass das mit dem Verkauf der Bilder deines Vaters ein Fehler war. Sie sei von der Möglichkeit an Geld zu kommen, einfach geblendet worden. Denn eigentlich mochte sie deine Schwester nicht. Sie beruhigte sich damals erst nach meinem Einwand, dass sie ohne das Geld nie nach Rom gekommen wäre und wir uns so nie kennen gelernt

hätten. Du siehst, ihre Verkaufstätigkeit hat sie weiter beschäftigt und im Nachhinein hat sie es sogar bereut. Das solltest du wissen. Übrigens habe ich diese Juliette heute zum Dienst einbestellt. Wenn du mir schon nicht hilfst, muss ich es eben selber machen. Wir sehen uns, ciao!“

***

Frank misstraute Giamotti, sein Anruf eben wirkte wie ein billiger Vorwand, ihm seine Macht über Juliette zu demonstrieren. Nun saß er allein im Wohnzimmer und wartete nervös auf Juliettes Rückkehr, um zu erfahren, was Giamotti im Schilde führte.

Zuvor hatte Frank beim Frühstück mit Juliette nochmals von seinem Gespräch mit Oma Francesca berichtet. Sie reagierte erneut abweisend und weigerte sich, darüber zu sprechen. Erst nach seinem Vorwurf, dass sie ihren Vater einmal mehr in Schutz nehmen wolle, um nichts über ihre Familiengeschichte erfahren zu müssen, hatte sie ihm lautstark an den Kopf geworfen, dass sie sowieso nichts wiedergutmachen könne, egal was und von wem damals etwas gestohlen wurde. Sie könne ihr gesamtes Erbe wohltätig spenden und versuchen, damit Abbitte zu leisten. Wenn sie ihr Leben als verarmte Geigenlehrerin in Evian friste, sei er dann zufrieden mit ihr? Genüge dies als ihre Buße für ein Vergehen ihres Großvaters? Denn schließlich müsse sie es jedem recht machen, ihm, ihrem Vater, ihrer Mutter, dem toten Mintzberg, ihre eigene Meinung zähle offensichtlich nie und davon habe sie jetzt genug. Diese Chance im Orchester lasse sie sich nicht nehmen, weder von ihrem Vater, noch von ihm, noch von irgendeinem siebzig Jahre alten Diebstahl und erst recht nicht von Giamotti. Ob er das verstanden habe? Dann verschwand sie mit laut schlagender Tür ins Musikzimmer, bis kurz darauf Annes Anruf kam und Juliette zur Probe bat, woraufhin sie sich sofort auf den Weg machte.

Ihr vollständiger Sinneswandel beschäftigte ihn. Vermutlich steckte eine Drohung ihres Vaters dahinter, denn wirklich gelöst hatte sie sich noch nicht von ihm. Andererseits musste er zugeben, dass sie für eine Sechsundzwanzigjährige, die dabei war, ihren Platz in der Welt zu suchen, eine ziemlich klare Sicht der Dinge hatte. Nur weil er selbst die Wahrheit über die gestohlene Mintzberg-Sammlung erfahren wollte, musste dies nicht zwangsläufig auch auf sie zutreffen. Was konnte sie schon für den Reichtum ihrer Familie, auch wenn er auf einem Diebstahl beruhte? Dieses Problem stellte sich ihm nicht, da er im Gegensatz zu seiner Schwester nie finanziell davon profitiert hatte.

Ingrid - seine Schwester. Eine derartige Hinterhältigkeit hätte er ihr nicht zugetraut. Er spürte keine Wut, vielmehr Erleichterung, sich mit Vaters Erbe die Hände nicht schmutzig gemacht zu haben. Sollte er seine Schwester über das Verbrechen ihres Vaters einweihen. Würde das etwas ändern? Wollte er sich rächen? Und wenn Ingrid Beweise verlangen würde, was hätte er vorzuweisen? Die Behauptung einer 94jährigen Italienerin und etliche uralte Briefe? Sie würde ihn auslachen.

Die Orchesterprobe musste längst vorüber sein, doch Juliette kam nicht nach Hause. Als sie zwei Stunden über der Zeit war, rief Frank sie auf dem Handy an. Es war ausgeschaltet. Er versuchte sich zu beruhigen und begann die Noten auszupacken, da seine Sommerpause bald endete und er die Stücke für das erste Herbstprogramm vorbereiten musste. Das lenkte ihn ab. Später hörte er Juliette die Wohnung betreten. Er ging ihr entgegen:

„Wo warst du? Ich warte schon ewig und dein Handy war aus."

Sie blickte ihn abweisend an.

„Ist das nun unser Zusammenleben? Ich muss über jede Minute Rechenschaft ablegen?"

„So ein Quatsch. Ich war in Sorge um dich wegen Giamotti."

„Du brauchst dir keine Sorgen machen."

„Warst du bei ihm?"

„Ich bin müde."

Sie verschwand im Bad.

Als er kurz darauf ins Bett kam, stellte sie sich schlafend. Er hatte eine ungute Vermutung.

Am nächsten Morgen war sie schon lange vor ihm aufgestanden. Als er in die Küche trat, saß sie auf gepackten Koffern. Frank sah sie an:

„Du ziehst aus?“

„Ja.“

„Warum?“

„Ich brauche Abstand.“

„Wo ziehst du hin?“

„Erstmal ins Hotel.“

„In die Präsidentensuite im Reger Continental?“

Sie errötete.

„Spionierst du mir nach?“

„Nein. Aber ich bin nicht dumm.“

Sie blickte ihn ernst an.

„Frank, ich habe keinen Grund dir Vorwürfe zu machen. Aber ein Paar können wir nicht bleiben.“

„Das sehe ich seit gestern Abend genauso. Aber ist ein Mann, der noch mal zehn Jahre älter ist als ich wirklich der Richtige?“

„Ich werde dich in bester Erinnerung behalten, deine Altersunterschiedsphobien aber nicht vermissen. Da hat Natalia offensichtlich einen großen Knacks bei dir hinterlassen!“

„Verspotte mich, wenn es dir gut tut. Geh zu Giamotti, wenn es dir gut tut. Deinem Vaterproblem wirst du trotzdem nicht entkommen.“

„Danke Herr Psychotherapeut. Schicken Sie mir die Rechnung.“

Er lächelte sie an.

„Juliette, du wirst mir fehlen, trotz deiner aufsässigen Jugend.“

Da klingelte es an der Wohnungstür.

„Mein Taxi.“

Sie stand auf und umarmte ihn kurz.
„Danke für alles."
Dann verließ sie die Wohnung. Der Taxifahrer holte ihre restlichen Koffer.

Als er allein im Wohnzimmer saß, fühlte er sich elend und erleichtert zugleich. Sollte er Madame Jouard über diese neue Wendung informieren? Er entschied sich dagegen, Juliette war schließlich kein Kind, das sie ihm anvertraut hatte. Was wusste er letztlich schon von dieser Familie, diesem Jouard und seiner Frau mit ihrer seltsamen Freundin oder Geliebten oder was auch immer die beiden verband. Es schmerzte ihn, Juliette nun bei Giamotti zu wissen. Sicher würde es ihr bald lästig sein, ihm die neue Natalia spielen zu müssen. Er machte sich nochmals einen Kaffee und setzte sich auf die Terrasse, als es läutete. Es war Herbert Jouard, er sah nicht gut aus.
„Ich hole Juliette."
„Sie ist nicht mehr hier."
Jouard stieß ihn auf die Seite und stürmte durch die Wohnung, öffnete jede Türe und alle Schränke, bis er wieder vor Frank stand.
„Wo ist sie?"
„Auf dem Weg zu ihrem neuen Liebhaber, den Sie übrigens gut kennen."
Er packte Frank am Kragen:
„Wer?"
„Antonio Giamotti."
Es war, als hätte man Jouard einen Messerstich versetzt.
„Wo ist er?"
„Hotel Reger Continental in der Stadtmitte, er bewohnt die Präsidenten-Suite."
Jouard ließ ihn los und rannte das Treppenhaus hinunter.
Frank ging durch die Wohnung und schloss alle Schranktüren, die Jouard in seinem Wahn aufgerissen hatte. Arme Juliette, dieser Vater. Er setzte sich auf das Sofa und stellte den

Fernseher an. Er wollte nicht nachgrübeln über das, was jetzt geschehen würde. Die Nachrichten endeten mit dem ihm verhassten Sport, der angekündigte Beitrag über die bevorstehende Fußballweltmeisterschaft in Deutschland ließ ihn das Gerät abschalten. Da klingelte es erneut. Kurz hoffte er auf Juliette, doch es war Anne, die verheult vor der Türe stand.

„Darf ich reinkommen?"

Er führte sie ins Wohnzimmer und bot ihr einen Kaffee an.

„Hast du Ramazzotti?"

„Anne, du trinkst? Was ist los?"

„Ach, was soll los sein. Ich habe mit meinem Freund Schluss gemacht, das war das einzig Gute in diesen verdammten Tagen. Danach habe ich mich mit Lisa gestritten, außerdem dreht Giamotti vollkommen durch wegen deiner Juliette. Und als Krönung hat meine Mutter, nachdem ich ihr von deinem Mintzberg-Krimi erzählt habe, schlagartig ihre Meinung über dich geändert. Sie hält mich jetzt für völlig bescheuert, dich verlassen zu haben. Giamotti, der ja inzwischen dein Freund zu sein scheint, meint übrigens das gleiche."

Sie sah ihn mit ihren verheulten Augen an.

„Und ich meine das inzwischen auch. So, jetzt kannst du mir den Todesstoß geben."

Frank stand auf und holte zwei Gläser sowie den Ramazzotti aus seinem Kühlschrank.

Anne sah regungslos zu wie er einschenkte. Dann tranken sie beide ihre Gläser in einem Zug leer. Er schenkte nach und erneut leerten sie ihre Gläser.

Frank sagte:

„Juliette ist weg. Giamotti hat sie offensichtlich perfekt verführt."

Anne trocknete mit dem Taschentuch ihre Augen und erwiderte:

„*Eine* Begabung muss er ja haben."

Er lächelte, woher hatte Anne plötzlich Humor?

„Das mit deiner Mutter tut mir übrigens leid."

„Was?“
„Das sie mich plötzlich mag.“
„Egal. Aber sie hat eine gute Idee und ist Feuer und Flamme, du kennst sie ja.“
„Welche Idee?“
„Sie findet, bei deinem Mintzberg-Krimi fehlt noch ein Handlungsstrang, den sie liebend gerne zu Ende bringen würde.“
„Was meint sie?“
„Sie will sich deine Schwester vorknöpfen.“
Er musste lächeln.
„Das ist nicht mehr nötig. Von Giamotti weiß ich inzwischen, dass tatsächlich Ingrid den Verkauf der Bilder organisiert hat.“
„Wenn Mutter das erfährt, wird sie noch lieber loslegen.“
„Das wird sie mal schön bleiben lassen. “
„Schade, wo sie dich so kurz vor der Scheidung noch akzeptiert hätte.“
Ihre Blicke trafen sich.
„Anne, meintest du vorhin, wir sollten es noch mal miteinander probieren?“
Sie schob ihm das leere Glas hin und sah ihn müde an:
„Danke für den Aufschub. Nun kommt er also doch noch, dein Todesstoß.“
Er schenkte ihr ein, sie trank aus.
Das Telefon läutete. Anne sah, wie er den Hörer abnahm, aber nicht zu Wort kam. Das konnte eigentlich nur ihre Mutter sein, die ihm ihre Tochter schmackhaft machen wollte. Da hörte sie Frank den ersten Satz sprechen:
„Bei mir ist sie ausgezogen. Mehr weiß ich nicht.“
Dann legte er auf. Anne sah ihn fragend an.
„Das war Giamotti. Er hat eben Besuch von Juliettes Vater bekommen. Der hat ihm eine Ohrfeige verpasst und damit gedroht, ihn umzubringen, wenn er seiner Tochter künftig auch nur noch einen Blick zuwerfen würde.“

„Schwierig zu befolgen als ihr Chef.“, warf Anne ein.
„Laut Giamotti habe Jouard schließlich begriffen, dass Juliette nicht bei ihm ist. Jouard sei wie versteinert dagesessen und habe irgendwann gesagt, dass seine Frau ihn wegen einer anderen Frau verlassen habe. Giamotti hat ihm daraufhin einen Whiskey eingeschenkt. Dann hat Jouard sich bei Giamotti entschuldigt und ist mitsamt der Whiskeyflasche verschwunden.“
„Dieser Jouard scheint es nicht ganz leicht zu haben.“
„Das hatte es Juliette auch nie.“
„Außer bei dir natürlich.“
„Deine Eifersucht kannst du dir ersparen.“
Sie biss sich auf die Lippen und fragte:
„Und warum hat Giamotti ausgerechnet dich angerufen?“
„Er meint, ich habe ihm Jouard auf den Hals gehetzt.“
„Hast du?“
„Warum sollte ich?“
„Hast du?“
„Was traust du mir zu?“
„Ob du hast?“
Er holte tief Luft:
„Natürlich habe ich!“
Anne griff erneut zum Glas.
„Dann gehe ich jetzt besser. Juliette kommt sicher gleich zurück.“
Frank schüttelte den Kopf.
„Nein, sie kommt nicht zurück, weder zu mir, noch zu ihrem Vater, noch zu Giamotti.“
„Aber wo ist sie dann?“
„Vermutlich auf dem Weg in ein eigenständiges Leben.“
„Und ihre Orchesterstelle?“
„Sie wird wissen, was sie tut.“
Anne sah ihn müde an:
„Soll ich jetzt gehen?“
Erneut läutete das Telefon. Anne blickte ihn frustriert an:

„Ist bei dir immer so viel los? Das kenne ich gar nicht."

Frank nahm das Gespräch an.

„Hallo Beatrice, schön von Ihnen zu hören."

Anne verdrehte ihre Augen. Frank hörte einige Zeit zu und verabschiedete sich dann herzlich.

„Wegen mir musst du deine Frauen nicht siezen."

Er ignorierte Annes Bemerkung.

„Das war Beatrice Clementi aus Florenz, bei der ich wegen meinen Mintzberg-Recherchen war. Ich übernachtete dort in der Pension von Roberto, einem Freund der Familie. Leider konnte ich meine Hotelrechnung nicht bezahlen, da Roberto, ein einundachtzigjähriger Frauenheld, mit einer deutschen Lehrerin, die aussah wie Maria Callas, die Nacht durchgefeiert hatte und bei meiner Abreise unauffindbar war. Beatrice Clementi wollte mir nun mitteilen, dass Roberto sich weigere, mir eine Rechnung zu stellen."

„Und warum?"

Frank musste lächeln, Anne hatte aus purer Höflichkeit nachgefragt, sie war einfach zu gut erzogen.

„Weil er es mir verdanke, die zweite wahre Frau seines Lebens kennen gelernt zu haben."

„Wieso erst die zweite? In seinem Alter?"

„Weil er die erste nie bekommen hat."

„Du hast eben gesagt, er sei ein Frauenheld. Erstaunlich, was du zahlenmäßig darunter verstehst."

„Nebenbei hat er noch fünf Kinder von fünf verschiedenen Frauen, aber wir sprechen von den wahren Frauen seines Lebens."

Anne sah ihn angewidert an.

„Kinder hat man demnach nur mit unwahren Frauen? Total bescheuert."

Frank schenkte ihr nach.

„Seine erste wahre Frau versucht er seit etwa sechzig Jahren zu erobern, doch sie weigert sich, weil er dreizehn Jahre jünger ist. Und diese Lehrerin im Hotel ist fünfundzwanzig Jahre jünger als er und während meines Aufenthalts hat er sich offenbar ernsthaft in sie verliebt."

„Und jetzt sind sie zusammen?"

„Nein, die Lehrerin ist wieder abgereist."

„Wenn ich Roberto wäre, würde ich dir dafür eine völlig überhöhte Rechnung stellen."

„Er ist ihr nachgereist."

„Und hat er sie gefunden?"

„Keine Ahnung, Beatrice hält mich auf dem Laufenden."

„Aha."

Sie blickte Frank still an.

„Ich gehe jetzt."

„Wie du willst."

„Und was willst *du*?"

„Ruhe, nichts als Ruhe."

Weitere Bücher des Autors unter

www.norbert-buechler.de

FSC
www.fsc.org
MIX
Papier aus verantwortungsvollen Quellen
Paper from responsible sources
FSC® C105338